中川なをみ

かけはし

慈《いつく》しみの人・浅《あさ》川《かわ》巧《たくみ》

新日本出版社

かけはし

慈《いつく》しみの人・浅《あさ》川《かわ》巧《たくみ》

目次

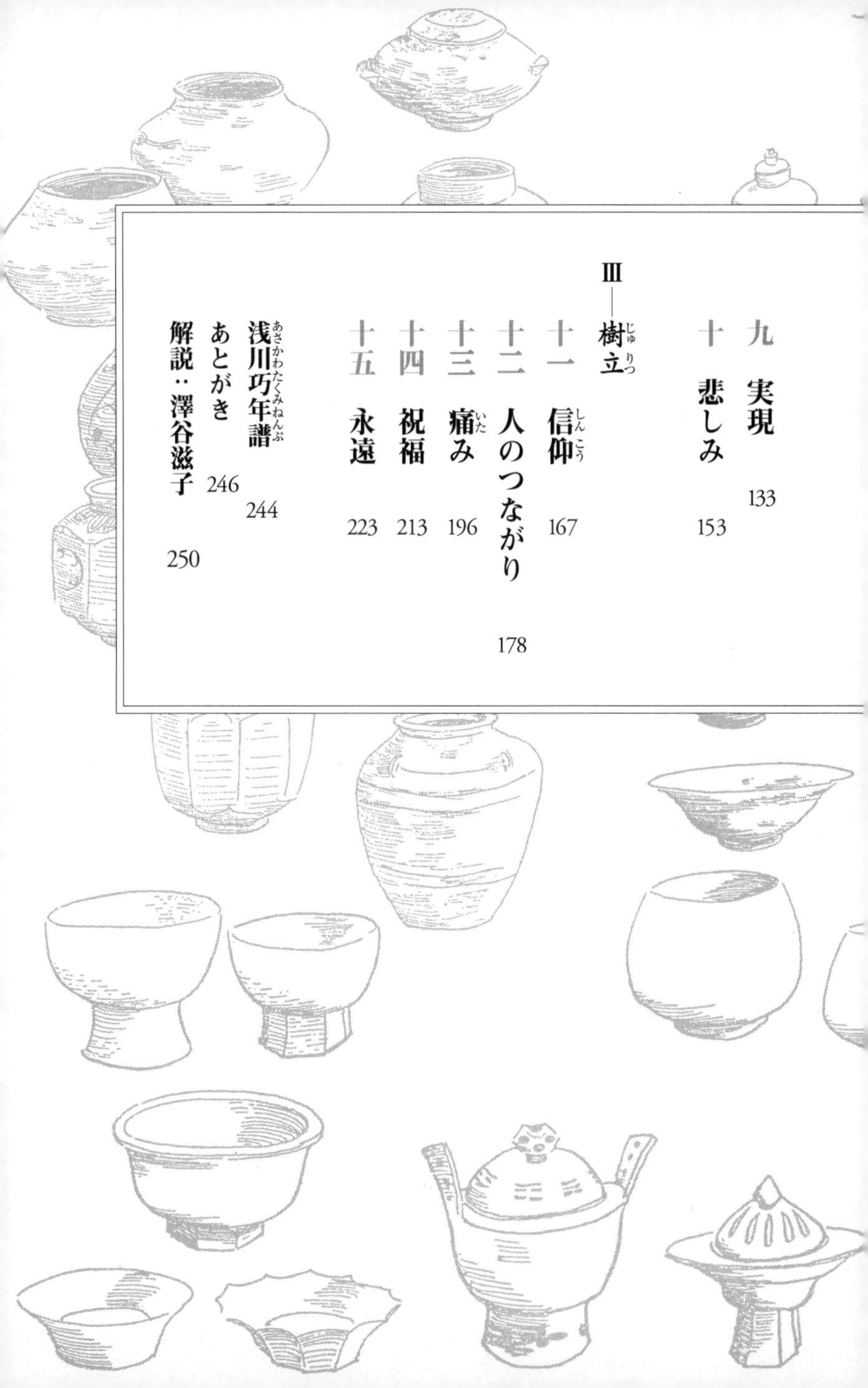

I —— 芽《め》吹《ぶ》き

自然の豊かさを愛する祖父の下で幼少《ようしょう》期《き》を過《す》ごした浅川《あさかわ》巧《たくみ》。農林学校を卒業し営林署《えいりんしょ》に勤《つと》めたが、兄伯教《のりたか》と母が暮《く》らしている朝鮮《ちょうせん》に渡《わた》ることを決心する。

一　緑の台地

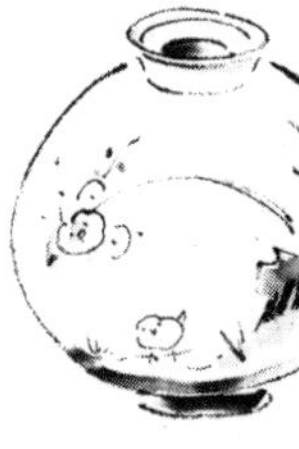

一八九六年（明治二十九年）の春のこと。

雨戸のすき間からもれた朝の光が、眠《ねむ》っている巧《たくみ》の顔を照らし出していた。坊主頭《ぼうずあたま》の少年の顔は、団子のように丸くふくれている。

「うっ」

五歳《さい》の巧は、目をこすりながらしばらくぼんやりしていたが、いきなりはっとして布団《ふとん》からはい出した。

たちまち冷気に取り囲まれて、眠気は一気に吹《ふ》きとんだ。うすら寒いけれど、寝間着《ねまき》のままでも我慢《がまん》できる寒さになっていた。五月も半ばになると、八ケ岳《やつがたけ》のすそにあるここ、山梨県《やまなし》の北方、甲村《かぶとむら》（今の北杜市《ほくとし》）にも春の暖《あたた》かさが訪《おとず》れる。

巧は顔も洗《あら》わずに下駄《げた》をひっかけると、庭に飛び出した。太陽はすでに高く上がっていて、玄関《げんかん》から門につづく踏《ふ》み石には、もう打ち水もしてある。

シュー ッ シュシュー ッ
音は勝手口のほうから、規則正しく聞こえてくる。祖父の伝右衛門《でんえもん》が、ほうきを使って庭掃《にわそう》除《じ》をしている音だった。巧《たくみ》ははだけた胸元《むなもと》もそのままに、植《う》え込《こ》みのある築山《つきやま》の裏《うら》に回った。

「おじいさん」

「おぅ、巧。どうした、こんなに早く」

「ぼくね、おじいさんが掃除しているところを見てみたかったんだ」

「なぜだい?」

「だって、酒屋の庄《しょう》ちゃんが言うんだよ。男が掃除をするなんてかっこ悪いって。だからね、見てみたかったんだ」

伝右衛門の着物姿は、襟元《えりもと》もすそもきれいでどこにも乱《みだ》れがなかった。しゃきっと伸《の》びた背《せ》筋《すじ》もいつもどおりで、ほうきを持ったからといって、かっこ悪いところなどどこにもない。伝右衛門は若《わか》いころから評判の美男子のせいか、なにをしていても様になる。

「おじいさんは、やっぱりおじいさんだよ」

「ほぅ、そうかい」

伝右衛門は言いながらほうきを横に置くと、巧の前に腰《こし》を折り、巧の乱れた寝間着《ねまき》を手際《てぎわ》よく整えた。

「朝の庭掃除《にわそうじ》は気持ちがいい。巧《たくみ》もやってみるかい」

伝右衛門《でんえもん》からほうきを受け取った巧は、二、三回ほうきを振《ふ》りまわしただけで、飽《あ》きてしまった。

「おもしろくないよ」

「そうかそうか」

伝右衛門は目を細めて巧の手からほうきを受け取り、「ちょっと待っておいで」と納屋《なや》へほうきをしまいにいった。

巧の父親は巧が生まれる少し前に病気で亡《な》くなっている。以来、祖父の伝右衛門が父親代わりとなって孫たちの成長を見守っていた。巧には七歳《さい》上の兄、伯教《のりたか》と、四歳上の姉、栄《さかえ》がいるが、祖父は父を知らない末っ子の巧をことさら不憫《ふびん》に思っているようだった。

ほうきをしまって身軽になった伝右衛門が、門の前で巧を手招きする。

「おいで、いいものを見にいこう」

巧は自分の寝間着《ねまき》を見て、首をかしげた。身だしなみにうるさい伝右衛門が、寝起きの巧をそのまま門の外に連れ出そうとしているのだ。

「着替《きか》えてこないと……」

「今日は特別にいいことにしよう。急がないと……」

表に出ると、伝右衛門《でんえもん》は家並《いえな》みのつづく道をぐいぐいと西に向かっていく。

太陽は空の上にあってもまだ早朝だ。道には荷車を引く牛や馬もなく、人の姿《すがた》もまだ見えない。

幼《おさな》い巧《たくみ》は小走りに伝右衛門のあとを追った。

やがて集落のはずれに出ると、西側の視界《しかい》が一気に開ける。

立ち止まった伝右衛門が、遠くの山を指さした。

西山の連なり（南アルプスの山々）は、目が覚めるように青かった。頂上に残った雪は銀色に光り、朝日を受けた山すそは黄緑色に広がっている。遠くの山は藍色《あいいろ》に深く、陽の当たった近場の山は新緑でみずみずしい。とりわけ、朝日に照らし出されたすその黄緑はびっくりするほど美しかった。

幼い巧の胸《むね》がおどった。

「山って、きれいだねえ」

伝右衛門が巧の頭をそうっとなでた。

「そうだろう?」

ふたりはしばらくの間、だまって西山をながめていた。

少し経《た》つと、山すそから黄緑色が消えて、緑一色になっている。もう新緑の初々《ういうい》しさは消えていた。その代わりに、山々はいっそう青くなっていて、藍色《あいいろ》はまるで深い海のようだった。このとき、巧《たくみ》は初めて木々の美しさに感動した。

山の変化が言葉にならず、ただ目をみはっている巧に、伝右衛門《でんえもん》が無言でうなずいていた。幼《おさな》いながらも、巧は祖父が山すその黄緑色を見せたかったのだろうと気づいていた。消える前に見せたくて急いできたのだと。

それから数日後の夕方、巧が遊び疲《つか》れて家にもどると、座敷《ざしき》から兄の伯教《のりたか》の声が門まで聞こえてきた。伝右衛門が漢学（中国の学問）を教えているのだ。巧にはわからない言葉だったが、調子のいい言い回しは耳に心地《ここち》よかった。伯教の妹で巧の姉になる栄《さかえ》は、台所で母の仕事を手伝っていた。

伝右衛門は村の名士で、漢学を好み、俳句《はいく》や和歌をたしなむかたわら、窯《かま》を築いて陶芸《とうげい》を楽しんだり、ときには知人を招いて茶菓《さか》をふるまったりもした。床《とこ》の間《ま》に花を生けるのは、昔から伝右衛門の仕事でもあった。そんな伝右衛門を、村の人々は敬愛《けいあい》の情をこめて「数寄者《すきしゃ》だ」と噂《うわさ》している。

また、伝右衛門は紺屋《こうや》（染《そ》め物屋）を営んでいて、藍染《あいぞ》めの技法も伯教が小さいときからていねいに教えたりもしていた。伝右衛門はそれらのすべてを伯教に伝えようとしているのか、決まった時間を設けたり、折に触《ふ》れて教えている。

漢詩の素読でもしているのか、伯教《のりたか》のよく通る声は、門の外にまで響《ひび》いていた。

「ごめんください」

巧《たくみ》が振《ふ》り返ると、門の前に見たことのない男の人がいた。

「伝右衛門《でんえもん》さんのお宅《たく》でしょうか?」

「はい。おじいさんの名前です」

男は隣村《となりむら》からお迎《むか》えにきたという。

巧は急いで家の中に入って、客人のことを伝右衛門に伝えた。

この辺りは俳諧《はいかい》が盛《さか》んな土地で、ときおり、伝右衛門は句会の講師として招かれる。今夕《こんゆう》も
そのための使いだった。伝右衛門は俳号を四友《しゆう》といい、その世界では知らない人がいないほど
だった。

一八九八年（明治三十一年）、尋常《じんじょう》小学校二年生になった巧は、夏休み最後の日の午後、
机《つくえ》をはさんで母と向き合っていた。
「宿題の算術《さんじゅつ》、さっさとやってしまいなさい。仕上がるまで、立ち上がってはいけません」
母のけいが、怖《こわ》い目で巧をにらんでいる。けいの膝《ひざ》には大きなざるがあって、その中にはイ
ンゲン豆が山盛《やまも》りになっていた。ときおり巧をにらみながら、指先を器用に動かしてはインゲ

ンのスジを取り除《のぞ》いていく。

夕食に客を招いているのだ。これから結婚《けっこん》する若《わか》い男女とその両親が、巧《たくみ》の家で夕食をともにして今後のことを話し合うらしい。

村人の婚礼《こんれい》や葬儀《そうぎ》を取り仕切るのはたいてい伝右衛門《でんえもん》で、たまにはけんかの仲裁《ちゅうさい》に呼《よ》ばれていくこともあった。

とにかく客の多い家で、家族だけで食事をするのがめずらしいほど、誰彼《だれかれ》なく訪ねてきてはそのまま食事をしていく。

巧は算術《さんじゅつ》がきらいではなかった。ただ、今はやりたくなかった。鉛筆《えんぴつ》を指の先でぐるぐる回して遊んでいると、ふいに鉛筆が指から離《はな》れて、食卓《しょくたく》の上に落ちた。とがった芯《しん》から落ちたものだから、わずかだけれど、食卓に傷《きず》がついた。

「巧、気をつけなさい。このちゃぶだいは大事にしないと」

「はい、ごめんなさい」

あやまりながら、小さくできた傷を指先で何度もこすってみた。穴《あな》は思いのほか深くて、くっきりと跡《あと》を残している。

家族が食事やお茶のときに使うこの食卓は、ケヤキでできていた。

巧が生まれる前、庭の真ん中にケヤキの巨木《きょぼく》があって、樹齢《じゅれい》五百年だといわれていたらしい。

その木に雷《かみなり》が落ちて根が焼け、燃やして処理《しょり》するには惜《お》しいと、伝右衛門《でんえもん》が食卓に作らせたのだ。以来、この食卓は大切にされてきた。ケヤキの命がまだ保たれているようで、巧《たくみ》はときどき不思議な気持ちになった。

家には背負子《しょいこ》、掛《か》け軸《じく》、木彫《きぼ》りの菓子鉢《かしばち》、盆《ぼん》、食器など古い道具がいっぱいあって、どれもが日常の中でなくてはならないものだった。

たまに野菜を入れるかごなどが新しくなっていたりすると、そのまわりだけ空気も違《ちが》うみたいで、変に落ち着かないことがあった。それぐらいに、巧は幼《おさな》いころから古い道具に囲まれる生活に馴染《なじ》んでいた。

夏休みが終わってまもなくだった。大型の台風の影響《えいきょう》で雨の日がつづいた。

九月三日から降《ふ》りはじめた雨は数日たってもいっこうに止《や》む気配がなく、五日からは滝《たき》のような豪雨《ごうう》となった。

学校は休みになり、いつもなら喜んではしゃぐはずが、今回ばかりは様子が違った。たたきつけるような雨は、かつて見たことのない降り方だった。天が裂《さ》けて、天上にたまった雨がいきなり地上に落ちてきたみたいだ。それこそ、一寸先は闇《やみ》で、雨の壁《かべ》にさえぎられて外の景色などなにも見えない。

雨音は、近くで話す人の声が聞き取れないぐらいに大きかった。

そして七日の未明、巧《たくみ》がようやく寝入《ねい》ったころ、山を崩《くず》した土石流が轟音《ごうおん》とともに村の一部をのみこんでしまった。直径が二メートルから三メートルもある巨大《きょだい》な岩石をともなった激《げき》流《りゅう》が、怒濤《どとう》のごとくに押《お》し寄《よ》せて家屋を倒《たお》し、壁《かべ》を破り、柱を倒して村人を激流の渦《うず》に巻《ま》きこんだ。半鐘《はんしょう》を乱打《らんだ》しても、水音にさえぎられて、助けを求める声はどこにも届《とど》かなかった。

巧の家から一里と離《はな》れていない距離《きょり》だった。このときの死者は五十人を越《こ》えた。

巧の家は大きな被害《ひがい》を受けることもなく、家族も無事だったが、あのすさまじい雨音は、一生忘《わす》れることはないだろう。

月が変わって、晴天がつづいたある日の午後、巧は伝右衛門《でんえもん》に誘《さそ》われて、被害のあったところを訪《たず》ねた。伝右衛門は毎日のようにそこを訪《おとず》れては災難《さいなん》を受けた人たちの手助けをしていた。

家を出て三十分ほど歩いた辺りから、風景が変わってきた。巧の家の近くでは、田や畑の作物がなぎ倒されていたが、ここまでくると、もう畑も田圃《たんぼ》も跡形《あとかた》もなくなっている。

子ども心にも、大変なことになっているぞと思った巧に、伝右衛門が、「見てごらん」と立ち止まって前方に顔を向けた。

「ああ……」

巧の足はその場ですくんでしまった。

この間まであったはずの人家がすっかり消えて、山の土が流れこんでいる。大きな石や山の木が、辺り一面に散乱《さんらん》していた。山を見上げれば、ナイフで削《けず》り取られたかのように、ところどころが剥落《はくらく》して土肌《つちはだ》をむき出しにしている。

「山が崩《くず》れるって、こういうことなんだよ」

伝右衛門《でんえもん》の声は、怖《こわ》いほど静かだった。

八ヶ岳《やつがたけ》は火山であるために土がもろくて崩れやすい。そんな状態の山であるのに、薪《たきぎ》や暖房《だんぼう》のために樹木を乱伐《らんばつ》し、家畜《かちく》のえさや田畑の肥料用の草刈《くさか》りも過度だったために、至《いた》る所が禿《はげ》山《やま》になっていた。長く降《ふ》りつづいた大雨が激流《げきりゅう》となって禿山の斜面《しゃめん》を流れ落ちるとき、少ない山の木々をなぎ倒《たお》し、土や石をも巻《ま》きこみながら、集落をのみこんでいったのだった。

巧《たくみ》たちの近くで、崩れた山を見上げて泣いている人がいた。家や畑や人までものみこんだ土《ど》砂《しゃ》に座《すわ》りこんで、泣き叫《さけ》ぶ人たちもいた。

遠くに目をやりながら伝右衛門がつぶやいた。

「山を大事にして、木をちゃんと育てていたら……こんなことにはならなかった……」

幼《おさな》い巧の心の中で、伝右衛門の言葉がいつまでも鳴り響《ひび》いていた。

木はただ美しいとながめるものではなくて、育てなければならないとわかったころから、巧の関心は樹木《じゅもく》に注がれていくようになった。

その三年後の一九〇一年（明治三十四年）一月十五日の午後だった。巧《たくみ》は十歳《さい》に、兄の伯教《のりたか》は十七歳《さい》になっている。

ふたりが台所へ行くと、ふたりを横目で見て、けいが口に人差し指を当てた。静かにしなさいということだろう。

伝右衛門《でんえもん》は数日前から風邪《かぜ》気味で、寝《ね》たり起きたりの生活をしている。こんなことは初めてで、巧が知るかぎり、伝右衛門は家族の誰《だれ》よりも元気で常に規則正しい生活をしていた。

「なあんだ。まだだめか」

つぶやく伯教《のりたか》といっしょに、巧も伝右衛門の部屋へ行くのをあきらめた。

翌日《よくじつ》、十六日の朝、伯教と巧はけいの許しをもらって、伝右衛門の部屋の戸を開けた。

「おじいさん、おはようございます」

ふたりは声を揃《そろ》えて伝右衛門の布団《ふとん》に近づき、枕元《まくらもと》に座《すわ》った。

伝右衛門の返事がない。今度は顔を見合わせて、同時に首をかしげた。

伝右衛門が、部屋の戸を開けて入ってきたことに気づかないというのが不思議だった。だいいち、巧たちよりも遅《おそ》く目覚めるなど、今までに一度だってない。

巧が伝右衛門の耳元で「おはようございます」といっても、じっとしたまま目を開けない。

伯教が、そうっとおじいさんの肩《かた》をゆすった。それでもまだ目を開けない。

伝右衛門《でんえもん》はすでに事切れていた。七十四歳《さい》だった。あまりにもあっけない死に、家族は言葉をなくしてぼんやりと伝右衛門を見つめるしかなかった。しばらくして、けいはくずれるように畳《たたみ》に座《すわ》りこんだが、それでもまだ現実が受け入れられずに、目はうつろに宙《ちゅう》をさまよっていた。

二　出立《しゅったつ》

伝右衛門の死を嘆《なげ》く人は多く、弔問客《ちょうもんきゃく》の列が村はずれまでつづくような大がかりな葬儀《そうぎ》になった。親戚《しんせき》や村人のほかに、俳句の仲間など、趣味《しゅみ》の世界で交流のあった人たちなどは、遠方から駆《か》けつけて葬儀に参列した。

初七日の法要がすんで、親戚の人たちが帰ったあと、巧《たくみ》は座敷《ざしき》の柱にもたれてぼんやりしていた。この柱の前は、伝右衛門のお気に入りの場所だった。昼食後の一時間ぐらい、伝右衛門はいつもこの柱にもたれて読書をしていた。

伝右衛門のいない家は、さびしいほどに静かだった。

家業の紺屋《こうや》は廃業《はいぎょう》だし、親戚《しんせき》と村の知人がときおり訪《たず》ねてくるぐらいで、日常、家の中はひっそりと静まりかえっている。

伝右衛門《でんえもん》が亡《な》くなった直後は、ただぼんやりとしていた巧《たくみ》だった。しかしそのうちに、伝右衛門と過ごした日々を思い出すと、大好きなおじいさんは、いつも巧のかたわらに寄りそっていてくれると感じるようになった。空や山や風など自然に接するときには、特に伝右衛門の魂《たましい》を感じることが多く、巧はもともと樹木《じゅもく》が好きだったこともあって、今まで以上に自然に親しむようになっていった。

けいは、伝右衛門亡《な》きあと、年端《としは》もいかない長男の伯教《のりたか》を徹底《てってい》して浅川家《あさかわけ》の家長として扱《あつか》った。食事のときは上座《かみざ》に座《すわ》らせ、おかずの品数も常に一品多くし、風呂《ふろ》には最初に入らせた。また、親戚《しんせき》への祝儀《しゅうぎ》や不祝儀《ぶしゅうぎ》などについては、必ず伯教の意見を聞くようにしていた。

自然に親しんで成長した巧は、尋常《じんじょう》高等小学校（旧制の小学校で、尋常小学校の課程と高等小学校の課程とを併置《へいち》した学校）を卒業して、さらに一年間の補習科《ほしゅうか》を卒業するころになると、自然についての自分の考えも次第《しだい》にはっきりしてきた。

自然は自然本来の姿《すがた》がいちばん美しいと痛感《つうかん》する。人の都合で勝手に整えられた山や乱伐《らんばつ》された山は、見た目にさびしく、雨水をためることも豪雨《ごうう》の被害《ひがい》を食い止めることもできない。豊かな自然は人々の暮《く》らしを守りながら、そこに住む人々の目を楽しませて心を潤《うるお》すものだと思った。

巧《たくみ》もぼつぼつ自分の将来《しょうらい》を決めなければならない時期にきていた。

けいは女手ひとつで三人の子どもを育ててきたが、巧を上の学校に進ませるのは並大抵《なみたいてい》のことではなかった。浅川家《あさかわけ》は旧家でそれなりの構えをしていたが、伝右衛門《でんえもん》は財を蓄《たくわ》える人ではなく、家計は逼迫《ひっぱく》していた。巧を裕福《ゆうふく》な親戚《しんせき》に預《あず》けて、学校へ行かせてもらおうかと、けいは密《ひそ》かに考えてもいた。

伯教《のりたか》はすでに甲府《こうふ》の師範《しはん》学校を卒業して小学校の教師になっていた。家の経済状態がよくわかっている伯教は、学費のほとんどを官費（政府《せいふ》から支出する費用）でまかなえる方法を探して、師範学校を卒業したのだった。

けいから巧を親戚に預ける案を聞くと、伯教は自分の考えを伝えた。

「あんなに樹木《じゅもく》が好きな子はいません。子どものころから、杉《すぎ》や椎《しい》の木を育てたりしていました。巧を農林学校へやりましょう。わたしが責任を持ちます。家からお金をもらわなくてもいいようにしますから、安心してください」

伯教はけいの教育もあって、いつのまにか家長としての風格を備えていた。

一九〇七年の四月、十六歳《さい》の巧は甲府に近い竜王《りゅうおう》（今の甲斐市《かいし》竜王）にある山梨県立農林学校（今の農林高等学校）へ進学した。

巧《たくみ》には、入学が決まったらそのときにしようと思っていたことがあった。それは眼鏡《めがね》をあつらえることだった。幼《おさな》いころから近視《きんし》だということはわかっていたが、日常生活にさほど不便を感じることがなかったので、放置していた。これからは読み書きをする機会が増えるはずなので、眼鏡《めがね》は必要になる。さっそく甲府の駅前にある眼鏡屋に足を運んだ。

兄の伯教《のりたか》は、七歳《さい》下の巧を父親代わりのように面倒《めんどう》を見ていて、農林学校へ進む巧といっしょに住むための家を甲府《こうふ》に借り、巧が安心して好きなことが学べるように、それとなく気を配っていた。

いよいよ巧が生家を離《はな》れる日、伯教と巧は伝右衛門《でんえもん》をしのんで、座敷《ざしき》の柱が見える場所に座《すわ》った。いつも柱に寄りかかって読書をする伝右衛門の姿《すがた》を、ふたりは心に焼き付けた。床《とこ》の間《ま》のあちこちに並《なら》んでいる壺《つぼ》や皿は、いわゆる骨董《こっとう》といわれる類の焼き物だったが、中にはいくつか伝右衛門が作った陶器《とうき》もあった。

伯教が立ち上がって、伝右衛門が作った小さな壺を持ってきた。花一輪を飾《かざ》るのにちょうどいい大きさだった。壺は、白っぽくて分厚い上につやがなく、模様も描《えが》かれていない。きれいだとは思わないけれど、見ているうちにほわーっと心が温かくなってくるような気がした。

伯教が焼き物を両手で包んだ。

「この壺を見ると、おじいさんがすぐに浮《う》かぶんだ。村の人たちはみんなおじいさんを頼《たよ》りにしていた、怖《こわ》がる人は誰《だれ》もいなかった。この壺《つぼ》みたいに、おじいさんは温かくて、親しみやすい人だったんだと思う」

巧《たくみ》は伯教《のりたか》の言葉を聞きながら、伝右衛門《でんえもん》の生き方を思い起こしていた。常に山の樹木《じゅもく》や川の水量など自然を気にとめていた伝右衛門は、生き物の命の繋《つな》がりについて自分なりの考えを持っていたのではないだろうか。大自然がもつ時の流れの中では、自分の命など取るに足らないものだと。だから、あのように物欲がなくて、いつも自然体で、平常心でいられたのだと。

伝右衛門は伯教が言うような人だったけれど、伯教自身にも同じことが言えると巧は思っている。少なくとも、巧にとって、伝右衛門と伯教には重なる部分が多かった。ふたりとも、自分の利益を優先《ゆうせん》させずに、常に周囲を配慮《はいりょ》する。

伯教が壺を巧に渡《わた》した。

「これは近くの土手からとった土で焼いたらしい」

(そうか、焼き物は土でできていたんだ)

当たり前のことに気づいたとき、焼き物がとても身近なものに感じられた。土には生き物たちの亡骸《なきがら》も積み重なっている。おじいさんも自分も、いつかは土になると思っただけで、焼き物がいっそういとおしくなった。

巧と伯教の共同生活がはじまった。

伯教《のりたか》の給料で巧《たくみ》の授業料も払《はら》わなければならない生活は、かなり貧しかったが、伝右衛門《でんえもん》の生き方に感化されて育ったふたりには、貧しい暮らしを恥《は》じるという感覚はなかった。

日曜日の夕方だった。

「ぼつぼつ行こうか」

伯教が巧を誘《さそ》う。

ふたりはこれから、小宮山清三《こみやませいぞう》の家を訪ねることになっていた。伯教と清三は巧が農林学校に入る前からの友人らしく、伯教は四歳《さい》年上の清三から多くを学んでいるようだった。特に、清三からキリスト教を知って、甲府《こうふ》のメソジスト教会に通うようになったのも、クリスチャンの清三からの影響《えいきょう》が大きかった。

甲府メソジスト教会は、日曜日の午前の礼拝《れいはい》に二百数十人が出席する大きな教会で、カナダ人の宣教師《せんきょうし》は、教会の中で英語を教えたりもしていた。

数歩前を行く伯教が振《ふ》り返って巧を見た。

「聖書《せいしょ》は読んできたか?」

「はい。わからないところを書き出してきました」

清三の家で行われる青年部の「聖書研究会」には、二十人以上の若者《わかもの》が集まって聖書について学び合う。教会の牧師が参加して、それぞれの質問に応えてくれることもあった。この集会に、伯教《のりたか》と巧《たくみ》もほとんど休むことなく出席していた。

キリスト教は西洋の宗教だと思いこんでいた巧にとって、「聖書研究会《せいしょ》」や教会の礼拝《れいはい》に出席するのは伯教につきあうだけで、一時的で特殊《とくしゅ》な出来事にすぎないはずだった。ところが、数回の経験で、巧にとって、キリスト教は、ずっと以前から親しんできた思想のように、ごく自然に教えのひとつひとつがすっと心の中に染《し》みわたっていった。

聖書に『自分を愛するようにあなたの隣人《となりびと》を愛しなさい』と書いてあるのを見ると、そうだとうなずきながらそういう人になりたいと切望してしまう。『心の貧しい人は幸いである。天国は彼《かれ》らのものである』という箇所《かしょ》を読むと、物も心も隣人に用いて、常に謙虚《けんきょ》だった伝《でん》右衛門《えもん》を思った。

伯教は三年前に甲府《こうふ》のメソジスト教会で洗礼《せんれい》を受けていたが、巧に違和感《いわかん》はなかった。

そうして、農林学校に入学した年の一九〇七年（明治四十年）六月、巧も伯教と同じ教会で洗礼を受けた。

その二か月後の八月、山梨《やまなし》県全土はまたしても台風に襲《おそ》われて、大水害に見舞《みま》われた。死者は二百三十三人に及《およ》び、山梨一円は泥水《どろみず》におおわれたようだった。

このときも、山林の乱伐《らんばつ》や盗伐《とうばつ》で荒《あ》れた山が土砂《どしゃくず》崩れを起こして、被害《ひがい》を大きくしていた。

嵐《あらし》の収まった翌日《よくじつ》の夕暮《ゆうぐ》れ、巧は伯教と並んで荒川《あらかわ》の堤《つつみ》に立って、異常《いじょう》に増水して濁《にご》った水が流れていくのを見つめていた。

「兄さん、学校の友だちには、家を流された人や家族が亡《な》くなった人がいるんだ。神様はいったいなにを思っているんだろう。神様は人間を愛しているんだよね？」

「もちろんだよ」

言いながら、伯教《のりたか》が巧《たくみ》の肩《かた》に手を置いた。

「神様がなさることは、すべて我々《われわれ》への愛からなのだよ。今は理解できなくても、神様のなさることを疑《うたが》ってはだめだ」

きっぱりと言い切る伯教に、巧はわずかにうなずいて見せた。たえず神への信頼《しんらい》を示してくれる伯教の存在《そんざい》がありがたかった。

ふたりの前に横たわる荒川《あらかわ》は、ただ茶色く濁《にご》っているだけではなくて、倒木《とうぼく》や家屋の残骸《ざんがい》などをもまだ下流に流しつづけている。

伯教がつぶやいた。

「山に樹木《じゅもく》がたくさん育っていたら、被害《ひがい》はもっと小さかっただろうか」

「そうだと思う。いや、絶対にそうだよ」

幼《おさな》いときから樹木に関心があり農林学校に進んだ巧は、自分の将来《しょうらい》を想像してみた。今はなにも具体的なことは思いつかないけれど、いつか世の中の役に立てるようになりたいと思う。

ふたりの遙《はる》か上方、西の空に星が瞬《またた》いていた。

一九一〇年（明治四十三年）四月、巧《たくみ》は三年間の農林学校での学業を終え、秋田県にある大《おお》館営林署《だてえいりんしょ》に就職《しゅうしょく》した。十九歳《さい》の春だった。

大館に越《こ》すなり、巧は手紙を書きはじめた。相手は友人の浅川政歳《あさかわまさとし》だ。巧より一学年下の政歳とは、農林学校で知り合うなり親しくなった友人で、彼《かれ》もまた熱心なクリスチャンだった。

ふたりはなんでも話せる大事な親友だったが、ひとつだけ、巧は政歳に話せない小さな秘密《ひみつ》を抱《かか》えていた。それは、政歳より一歳年上で巧とは同い年の姉、みつえのことだった。政歳の家によく行くうちに、みつえとも親しくなり、しだいに無関心ではいられなくなった。できたら、もっと話したいしもっといっしょにいたいと思うようになったが、親友の姉のことだ。とうとう一度も口にできずにいた。

巧はもともと文章を書くのが好きだったし、また得意でもあった。あまり勉強をしなかった尋常《じんじょう》高等小学校のときにも、作文だけはいつも担任《たんにん》にほめられた。絵を描《か》くのも、物心がついた時には、伯教《のりたか》がいつも描いていたので、巧にとっても普通《ふつう》のことになっている。

一九一二年（大正元年）の暮れ、大館にきて三回目の正月を迎《むか》えようとしていたとき、巧は伯教《のりたか》からの分厚い手紙を受け取った。兄弟の間でも手紙はよくやりとりされていたが、ほとんどは葉書《はがき》で、分厚い封書《ふうしょ》が届《とど》いたのは初めてだった。

かんたんな時候の挨拶《あいさつ》のあと、「朝鮮《ちょうせん》半島へ渡《わた》ることになりました。母もいっしょです」とある。

巧《たくみ》は食い入るように手紙を読み進んだ。

伯教が朝鮮《ちょうせん》に興味を抱《いだ》いていたのは、巧も知っていた。

伯教に多大な影響《えいきょう》を与《あた》えている小宮山清三《こみやませいぞう》の兄は、朝鮮の扶余《フヨ》で農場を経営している。小宮山家には、扶余から持ち帰った朝鮮の美術品がいくつもあった。

伯教はこの中の焼き物にすっかり魅了《みりょう》されたらしく「朝鮮へ行ったら、こんな焼き物がいくらでも見られるんだろうか」などと言っていた。

日本が一八九五年（明治二十八年）の日清《にっしん》戦争（日本と清《しん》との戦争）で勝利すると、朝鮮王朝は清から解放されて独立国であるとし、大韓帝国《だいかんていこく》と国号を改めた。

朝鮮は古来より中国王朝の冊封《さくほう》体制下にあった。冊封とは、中国の歴代王朝が東アジア諸国《しょこく》の秩序《ちつじょ》を維持《いじ》するために用いた対外政策《せいさく》のことで、中国の皇帝《こうてい》が、朝貢《ちょうこう》（貢《みつ》ぎ物）をしてきた周辺諸国の君主に官号や爵位《しゃくい》などを与えて、中国皇帝と君臣関係を結ぶ制度をいう。朝鮮では国王が代わる度に、新しい王を認める文書を中国に発行してもらわなければならなかった。

中国王朝が認《みと》めてはじめて新王が玉座《ぎょくざ》につけたのである。

日清《にっしん》戦争のころから、ロシアは満州《まんしゅう》（中国東北部）と朝鮮《ちょうせん》への進出を強めていたが、同じことを目論《もくろ》んでいた日本はこれに反発して、一九〇四年（明治三十七年）にロシアに宣戦《せんせん》布告。建前は「大韓帝国《だいかんていこく》の独立を守るためにロシアと戦う」というものだった。翌年日露《よくねんにちろ》戦争で勝利を収めた日本は、協約で、大韓帝国の外交権や内政権を奪《うば》い、保護国化《ほごこくか》していった。そして、一九一〇年（明治四十三年）、日本は朝鮮併合《へいごう》に成功した。

巧《たくみ》が大館《おおだて》にきた年は朝鮮併合の年で、ほどなく、朝鮮を異国《いこく》と思わずに日本の一部だと認識《にんしき》し、日本人たちが朝鮮へ行くのは、すでに特別のことではなくなっていた。

このころ、伯教《のりたか》は彫刻家《ちょうこくか》のロダンに強く惹《ひ》かれ、教員をしながら彫刻の勉強もはじめていた。巧への手紙には、焼き物は彫刻に通じるものがあると書いている。

伯教は師範《しはん》学校の学費を官費でまかなった。官費を受けた学生は必ず教職に就《つ》く義務があったが、このたびその義務の年数を終え、自由になったので朝鮮へ行きたいと思っていたところ、京城《けいじょう》（植民地時代のソウル）の小学校で教師を募集《ぼしゅう》していることを知って応募《おうぼ》し、運よく採用されたので朝鮮半島に渡《わた》る決心をしたと伯教からの手紙に書かれている。

伯教は手工《しゅこう》（今の図工）の教師として、もう日本では自分が目指す自由な教育はできないと見切りをつけていた。県の教育主事などから、教育の現場までしっかり管理されては、芸術の教育などできなかった。絵や造形で自分を表現することの大切さを子どもたちに知ってもらうためには、県や国の権力者《けんりょくしゃ》が介入《かいにゅう》しない自由な空気が必要だったのである。伯教《のりたか》は、朝鮮ではまだ自由な教育ができると思い、新天地に希望を託《たく》したのだ。

けいについては、ただ「母もともに行くこととなった」としか書いてない。

巧《たくみ》は読み終えた手紙を膝《ひざ》の上に置いて、母を思った。

けいは、七歳《さい》で浅川家《あさかわけ》の戸主となった伯教を、名実ともに家長として扱《あつか》っていた。実際、教師になってからの伯教は、巧の面倒《めんどう》を見ながら、家のことにも気を配っていた。けいは男勝《おとこまさ》りの気丈夫《きじょうぶ》な女性だから思いっきりがよくて怖《こわ》いもの知らずの面がある。家長の行くところなら、家族はだまってついていくのが道理だと考えたのだろう。姉の栄《さかえ》は先年東京に嫁《とつ》ぎ、父や祖父も他界していて、けいが家に残って守らなければならないものはなにもなかった。住みなれた故郷《こきょう》にひとり残るよりは、見知らぬ土地でも伯教と暮《く》らすことを選んだのだ。いかにも、けいらしい選択《せんたく》だった。

伯教とけいが朝鮮半島へ移住すると知らされても、巧はおどろかなかった。すぐに会える距離《きょり》ではないことが気になるが、巧の周りでも、朝鮮半島へ渡《わた》っていく人たちは多く、特別のこととは思えなかった。

一九一三年（大正二年）に伯教とけいが日本を去り、翌年《よくねん》の早春、大館《おおだて》がまだ雪におおわれているころ、巧《たくみ》は伯教《のりたか》から「朝鮮《ちょうせん》にこないか」との手紙を受け取った。

総督府《そうとくふ》（朝鮮を管理するための最高行政官庁《かんちょう》）には、林業に関わる部署《ぶしょ》があるらしい。確かなことはまだわからないが、うまくいけば大館《おおだて》でしているような仕事が朝鮮でもできるかもしれない。そうなるように努力していると書きそえられている。

巧の心が大きく揺《ゆ》れた。林業という言葉に触《ふ》れて、巧と朝鮮の距離《きょり》が一気に縮《ちぢ》まっていくのを感じた。

伯教とけいの近くで暮《く》らす自分を想像した。きっと楽しいことだろう。しかしと、巧はここで足踏《あしぶ》みをしてしまう。日本人の自分が、今の時代に、朝鮮の土を踏《ふ》んでいいのだろうか。どう考えてみても、日本は朝鮮を侵略《しんりゃく》して植民地にしてしまったとしか思えなかった。横暴な日本のやり方に納得《なっとく》がいかず、申しわけない気持ちがぬぐえない。決心がつかないまま時間が過ぎていった。

伯教からの手紙が頻繁《ひんぱん》に届《とど》くようになった。

「朝鮮の山は荒《あ》れている」と言い、「荒れた山を見ると巧を思い出す」と記している。「ここに巧がいたら、ひどい状態の山が、なんとかなるのではないかと、思ってしまう」という一文に、巧の目はすいよせられた。

伯教のいう「荒れた山」とはどういう山のことなのかよくわからないが、山をいい状態にもどすための方法を探《さが》すことはできるかもしれなかった。大館営林署《おおだてえいりんしょ》でしてきた仕事が、役に立つはずだった。

もし、総督府《そうとくふ》にできた林業に関わる部署で働くことができなかったとして、個人で山林のために尽《つ》くすことはできないだろうか。ほんの小さな働きであっても、朝鮮《ちょうせん》の山のどこか一か所でも荒《あ》れ地に緑を取りもどせたらうれしい。今まで学んだことが、朝鮮で役に立つなら、この自分も朝鮮へ行かせてもらっていいだろうか。そこまで考えたとき、巧《たくみ》は迷いから解放された。

三　朝鮮《ちょうせん》へ

一九一四年（大正三年）五月、二十三歳《さい》になった巧は、郷里《きょうり》の親戚《しんせき》や親友の浅川政歳《あさかわまさとし》に挨《あい》拶《さつ》をして、早朝山梨《やまなし》を旅立った。山口県の下関《しものせき》まで汽車を乗り継《つ》ぎ、下関港から朝鮮半島の釜山港《プサンこう》までは連絡船《れんらくせん》を使う。この連絡船は、ひんぱんに日本と朝鮮を往復していた。釜山から京城《けいじょう》（植民地時代のソウル）まで汽車に乗り、山梨を出立してから二日後の夕方、巧は京城

駅に降《お》り立った。

日韓併合《にっかんへいごう》から四年後、朝鮮《ちょうせん》の大地に両足を下ろしている自分の姿《すがた》に、巧《たくみ》はちょっと違和感《いわかん》を抱《いだ》いている。

京城《けいじょう》の町は、朝鮮でいちばん大きな町だろうが、どことなくちぐはぐな感じがする。日本の住宅とは違《ちが》う朝鮮家屋が立ち並《なら》ぶ通りに、多すぎる日本人の存在《そんざい》は不自然なながめだった。それに、掘《ほ》っ立て小屋のような古い家屋の隣《となり》に、近代建築がぽつぽつと建っているのも、風景として調和を欠いている。

これから近代化していく都市に、よくある光景かもしれないが、日本人の手によることだと思うと、気持ちは複雑だった。

思うところはいろいろあるが、巧は初めてきた朝鮮に不思議なほど不安を感じない。むしろ、目にするものすべてに興味が湧《わ》いてきた。通行人が着ている朝鮮服（朝鮮の民族衣装《いしょう》）は日本の着物に似ているし、彼《かれ》らが背負《せお》っているかごも荷物を運んでいる荷車も、日本にもありそうなものだった。めずらしい道具類などが目につくと、それはそれで楽しい。観察しているうちに胸《むね》がおどってきた。

兄の伯教《のりたか》が迎《むか》えにきてくれることになっているが、まだ兄の姿はない。

人待ち顔でたたずんでいる巧の前を、朝鮮の服を着た人々が行き交《か》っていた。男女ともほとんどの人が白い木綿《もめん》の服を着ているが、中には鮮《あざ》やかな色合いの服も見られる。

朝鮮《ちょうせん》の土を踏《ふ》んだときからずっと目にしているこの白い木綿の服に、巧《たくみ》はすっかり魅了《みりょう》されてしまった。

巧の目は自然と男性に注がれた。彼《かれ》らのゆるやかなズボンはいかにもはき心地《ごこち》がよさそうだし、膝《ひざ》あたりまで届《とど》く丈《たけ》の長い上着は、日本の着物を連想させた。なにより、木綿《もめん》というのがよかった。体をふわりと包んでいるからだろうか、布からも、まとっている人からも温かみがにじみでている。

たまにつややかな絹の朝鮮服を着た人を見かけると、その美しさに見とれても、自分とは縁《えん》のない服だと思ってしまう。

背広姿《せびろすがた》の自分が、窮屈《きゅうくつ》でつまらない人間に思えてくる。朝鮮での生活はこの白い朝鮮服を着ることからはじめたい。巧は木綿の朝鮮服を着た自分を想像して、思わずにんまりしてしまった。

伯教《のりたか》はなかなか現れなかった。それでも巧は少しも気にならない。日本を離《はな》れて初めて訪《おとず》れた朝鮮だというのに、不安になるどころか、見えるもののすべてに興味が湧《わ》いてきて、退屈《たいくつ》する暇《ひま》もなかった。

ほこりっぽい町にも、道端《みちばた》に商品を並《なら》べて商《あきな》いをしている人にも、反り返った屋根の家屋にさえも好奇心《こうきしん》をかきたてられた。小さい子どもがめずらしい玩具《おもちゃ》をもらったときのようにわくわくしているのだ。

朝鮮《ちょうせん》にきてよかった。自分で選んだ道だけれど、偉大《いだい》な力に導かれたからこそとも思う。

しかし巧《たくみ》は朝鮮のすべてに浮《う》かれているわけではない。林業に関わった過去の経験もあって、山の樹木《じゅもく》には特別の関心がある。釜山港《プサンこう》から乗った汽車の窓《まど》に見えた朝鮮の山々は、伯教《のりたか》が手紙に書いてきたように、どこもかしこも荒《あ》れ果《は》てていた。岩肌《いわはだ》がむき出しになっているのはまだいいとしても、かつては緑が豊かだっただろうと思わせる山々が禿《は》げ上がっているのだ。伯教が「荒れた山」と表現したことが、実際に見てよくわかった。

見たところ、地質が花崗岩《かこうがん》で風化しやすいようだ。表土が雨などで流れるだろうから、植物は育ちにくいだろう。それに、朝鮮は古くからオンドル（床下《ゆかした》に煙道《えんどう》を設け、これに燃焼《ねんしょう》空気を通して室内を暖《あたた》める暖房装置《だんぼうそうち》）を使用している。燃料に使われる薪《たきぎ》の量は膨大《ぼうだい》だと思われる。過去から現代まで、焼き物で使う薪の量だってかなり多いはずだ。

山が荒れた理由はほかにもあった。

朝鮮には火田民《かでんみん》という焼畑耕作を営む農民がいる。自給作物（アワ、ジャガイモ、大豆、ソバ、トウモロコシ等）を栽培《さいばい》して、三～五年で地力がおとろえると適地を求めて流浪《るろう》するのだ。焼かれた山林はその後の手当もないまま荒廃《こうはい》していく。火災や水害を招くため古くから何度も禁令が出たが、日本が朝鮮《ちょうせん》半島を支配したことによって土地を失った農民が増え、逆に火田《かでん》民《みん》が急増した。

いずれにしても、山の木を使うだけ使って、植林などの手当をしてこなかったということになる。しかし、この植林という意識は近代のもので、最近まで世界じゅうどこでも山林の手当などしなかった。

荒《あ》れた山を放置したのは朝鮮が特別ではないけれど、火田民のことは別として、薪《たきぎ》の使用量が多すぎたのともろい地質が原因で、今の状態を招いたのではないだろうか。日本が乱伐《らんばつ》しただけでなく朝鮮と深い関わりのあった清国《しんこく》やロシアが、木材を自国で使うために乱伐したと聞いたこともある。理由はほかにもあるかもしれない。近いうちに、調べたり勉強できる機会が与《あた》えられることをねがうしかなかった。

山の樹木《じゅもく》は人々の生活になくてはならないものだ。自然と人との調和は山の緑にも象徴《しょうちょう》されている。なにより、こんなことではいつなんどき山からの土石流に襲《おそ》われるかもしれない。

巧《たくみ》は小学二年生のときと農林学校一年生（高校一年生）のとき、歴史に残るような大水害を二度も経験している。以来、土肌《つちはだ》をあらわにした山を見ると、気持ちがざわめいた。

山には緑が茂《しげ》っていてほしい。朝鮮の山々も、いつか緑におおわれた美しい山になれるだろうか。ぜひともそうしたいし、仕事でこの国に貢献《こうけん》できるかもしれないと期待したからこそ、巧《たくみ》は今ここにいるのだった。

ほんのひと月ほど前に、朝鮮《ちょうせん》にいる伯教《のりたか》から、「素人《しろうと》のおれにも、山の悲鳴が聞こえる」と言われて、巧は潔《いさぎよ》く日本での仕事をやめた。自分の働き場所が与《あた》えられたと実感したからだった。

京城《けいじょう》の駅前で、いつまでも山を見上げて物思いにふけっている巧の肩《かた》を、つんつんと突《つ》く人がいる。横を見れば老人がけげんな顔をして巧を見つめていた。

「おまえは朝鮮の人間じゃないな。どこからきた。日本人か?」

朝鮮の言葉だった。巧の知っている単語がいくつかあった。

「なにをいっても、どうせわからんだろうがな」

巧は返事をしたくてうずうずしていた。朝鮮へ行こうと決めたときから、一生懸命《いっしょうけんめい》に朝鮮の言葉を勉強してきた甲斐《かい》があった。朝鮮語を扱《あつか》った勉強の本には出会えなかったけれど、その気になって探《さが》したら、朝鮮に詳《くわ》しい人に何人か出会った。その中には朝鮮の言葉を知っている人もいて、巧はそのつど、紙に書き連ねた。

ちっと舌打ちをして行きかけた老人に、巧はゆっくりと笑いかけた。

「はい、日本人です。今、きました」

老人がおどろいて巧を凝視《ぎょうし》した。

「朝鮮《ちょうせん》の言葉がわかるのか?」

「はい、少しだけ、わかります」

「変わった日本人だなぁ。日本人は朝鮮語をしゃべらないんだがなぁ」

ぶつぶつつぶやきながら遠ざかっていく老人に、巧《たくみ》はまた声をかけた。

「その服、とても、いいです」

老人は振《ふ》り向いて、また同じことをいう。

「変な日本人だなぁ」

巧は老人の背中《せなか》に向かって、軽く頭を下げた。

挨拶《あいさつ》程度しか話せないし聞き取れる言葉もわずかだったが、それでも会話ができたことが、ことのほかうれしかった。

(朝鮮で朝鮮語を使うのは、当たり前だと思うけど)

巧はなんのこだわりもなくそう信じているが、その当時朝鮮にいる日本人の多くはそうではなかった。

朝鮮半島は、五百年あまりもつづいた朝鮮王朝の時代が終わって日本に併合《へいごう》され、今大きく変わろうとしていた。

朝鮮は長年鎖国《さこく》政策をとっていたので海外の事情にうとく、諸外国《しょがいこく》との交渉《こうしょう》などは不案内だった。また、世界の国々が近代化していく中、朝鮮《ちょうせん》には、鉄道もなければ電気もなく、上下水道の設備などもまだ整っていなかった。国家としての社会的基盤《きばん》ができていなかったのである。

日本は、明治維新《いしん》で封建《ほうけん》時代から近代化への大きな波を乗り切った経験がある。封建時代を終えたばかりの朝鮮新政府に代わって、日本が政治の舵取《かじと》りに乗り出していた。朝鮮国内での近代化と名の付くところには、例外なく日本人の指導者がいた。

併合《へいごう》当時は朝鮮国内に約十七万人いた日本人が、四年後の今は二十九万人にも増えている。京城《けいじょう》の駅前にいる巧《たくみ》の前を、身なりのよい日本人たちが、次から次へと通り過ぎていった。

文明開化に後《おく》れをとった朝鮮を、日本の技術者や政治家が、主導権を握《にぎ》って近代化に努めていた。日本で仕事にあぶれても、朝鮮へ行ったら新しく仕事につき金をかせげると信じる市井《しせい》の人も少なくなかった。

実際、朝鮮は多くの働き手を必要としていた。併合以前に日本が提案した鉄道の敷設《ふせつ》はまだまだ不十分で、これから本格化しようとしているし、行政に必要な建物を鉄筋《てっきん》で造り直さなければならない。道路も舗装《ほそう》が急がれるし、少なすぎた学校の建設も急を要した。

指導するのが日本人であっても、ここは朝鮮なのだから、日本人が不必要に大きな顔をするのは間違《まちが》っているというのが、巧の考えだった。

物思いにふけっていた巧《たくみ》の前に、異様《いよう》な光景が現れた。焼き物の瓶《かめ》が上にも横にも積み上げられていて、それらを小柄《こがら》な男が背負《せお》って運んでいるのだ。瓶《かめ》はひとつだけでもかなりの大きさで、重さは容易に想像がつく。子どものころ、母が梅干しを漬《つ》けこんでいた容器に似ていた。

巧は男の背中《せなか》に近づくと、瓶を数えた。後ろに小さめの瓶が五個、前には大きいのが四個もある。背負っている台は木でできていた。

「朝鮮《ちょうせん》にはこんな背負子《しょいこ》があるんだ」

男がいぶかしそうに、自分についてくる巧をちらちら見ていた。

背中の荷物をじゅうぶんに見学した巧は、男の横に並《なら》んで、男の歩調に合わせた。

「きみ、力持ちですねえ」

男が巧に向かって、しっしと追《お》いはらうまねをする。

巧は思いっきり愛想《あいそ》のいい顔をすると、腕《うで》を曲げて力こぶを作り、男に見せた。

男がにやっと笑った。巧もうなずきながら笑い返した。

「この瓶、どうするのですか？　きみは運び屋さん？」

聞きたいことがいっぱいあるのに、朝鮮の言葉がわからない。

巧は男の背中を指さしながら、身振《みぶ》り手振りで、瓶のことを聞いた。

男はまたにやっと笑って、自分の懐《ふところ》から財布《さいふ》を出して見せた。

「もしかして、きみは、物売りですか？」

巧《たくみ》もお金を払《はら》って、瓶《かめ》を受け取る仕草をした。

男が、うなずいた。

「すごいですねえ……」

感心して男を見つめる巧の腕《うで》を、誰《だれ》かがつかんだ。

「巧だろ？　どうしてこんなところにいるんだ？」

後ろで聞き覚えのある声がして振《ふ》り向《む》くと、伯教《のりたか》だった。

白い背広《せびろ》を着ていて、急いできたのか、額に汗《あせ》がにじんでいる。

「よかったよ、会えて。待ち合わせの駅へ行く途中《とちゅう》だったんだ」

伯教が額の汗をぬぐった。

「待たせて悪かったなぁ。急ぎの用事ができてしまって……すまんすまん。けど、おまえって
やつは……いくつになってもこれだ。迷子になったらどうするんだ」

巧は子どものころから、なにかに夢中になると、そのことしか見えなくなる。

「あっ、またやっちゃったんだね」

「あははっ。相変わらずだなぁ。おまえのことだ。山や樹木《じゅもく》もしっかり見たんだろ？」

「兄さんの言うとおりだね。どこの山もひどい状態だ。ところで、母さんは元気？」

「ああ、心配ない。おまえがくるのを首を長くして待っている」

そのまま母が待つ伯教《のりたか》の家へ行くはずだった。ところが、通りの曲がり角で、伯教は「家はあっちの方向だ」と言うなり、家と反対の方へ歩きだした。

「兄さん、家に帰るんじゃ……」

「まぁいい。どうしてもおまえに見せたいものがあるんだ」

巧《たくみ》は家で待っている母を思い浮《う》かべた。

「母さんに会ってからにしようよ」

「大丈夫《だいじょうぶ》だ。寄り道をすると言ってある。だまってついてこいって。きっとおまえもびっくりするから」

伯教は巧に耳を貸さずにぐいぐいと歩いていく。すらりと背《せ》の高い伯教は、背広をきれいに着こなしていて、どこから見てもりっぱなものだった。急ぎ足で進む伯教を避《さ》けて、朝鮮《ちょうせん》の人たちが無言で道をゆずっている。あとにつづく巧は、道の端《はし》によけてくれた朝鮮人たちに軽く頭を下げながらうつむきかげんで足を速めた。

細い路地に入った伯教が「着いたぞ」と後ろの巧に声をかけた。粗末《そまつ》な小屋と言いたくなるような建物は、どうやら道具屋らしい。

小さな店先にびっしりと焼き物が並《なら》んでいた。飯碗《めしわん》、壺《つぼ》、徳利《とっくり》、大振《おおぶ》りの皿などが、無造作にところせましと置かれている。どれもが白無地か白い地に青い模様《もよう》が入った素朴《そぼく》な焼き物だった。

目の前の焼き物は、まっすぐに伝右衛門《でんえもん》の思い出に繋《つな》がっていく。巧《たくみ》の胸《むね》になつかしさがあふれていった。

焼き物は、もとは土の塊《かたまり》であって、何万年も前からの植物や動物の命が堆積《たいせき》されている。過去からの命を焼き物という形にして未来に繋《つな》いでいくと感じたのは、おじいさんが亡《な》くなったときだった。その考え方は、今も巧の中で息づいている。

山梨《やまなし》の家には、伝右衛門が作った茶碗《ちゃわん》や皿などがたくさんあった。今見ている焼き物に似た感じのものもあった。伯教《のりたか》が「おじいさんそのものだ」といった小さな壺《つぼ》は、今も伯教の家にあるはずだった。

伯教が手前にあった小さな花入れを取り上げて、巧に渡《わた》した。高さは十五センチほどしかないのに、ずっしりとした重さだった。分厚い花入れは、くすんだ白い地に青色で花が描《えが》かれていた。

「どうだ、いいだろう」

伯教が自慢《じまん》げに胸を反らす。

巧は渡された花入れをそうっと横の棚《たな》に置き、眼鏡《めがね》をはずして、ハンカチでレンズの汚《よご》れをぬぐった。視界《しかい》がよくなったことを確認《かくにん》すると、巧《たくみ》は再び花入れを手にした。

巧は花入れに、木綿《もめん》の朝鮮服《ちょうせんふく》と同じぬくもりを感じながら、伯教《のりたか》の楽しそうな様子を見ていた。

「そうだね」

伯教は友人の小宮山清三《こみやませいぞう》に見せてもらった朝鮮の焼き物に感化されて、もっと見たいがために朝鮮へ渡《わた》った節もある。

もともと彫刻《ちょうこく》や絵画に造詣《ぞうけい》が深い伯教は、自身も時間を見つけては、彫刻をしたり絵を描いたりする。教師も好きな職業ではあるが、経済的にじゅうぶんな余裕《よゆう》があれば、芸術家になっていたかもしれない。

花入れを両手で包んだままなにも言わない巧に、伯教がまた「いいだろう」と問いかけてくる。

筆で描《えが》かれた花は、伸《の》びやかな線で実におおらかだった。きれいに描こうとか、実物に似せようとかの作為《さくい》がいっさい感じられない。描く人が鼻歌交じりで筆を走らせたかのように、作り手の喜びがそのまま伝わってくる。

巧は伝右衛門《でんえもん》の作品も好きだったが、心のどこかでは、器などはすべすべしていて薄《うす》いのがよいと思うこともあったし、描かれる模様《もよう》も繊細《せんさい》なものが美しいと感じることが多かった。

が、しかし、今目の前にある焼き物は、まっすぐ巧《たくみ》の心に届《とど》いてくる。理屈《りくつ》などまったく関係なく、巧自身、いきなり心を捕《と》らえられてしまったのだ。一瞬《いっしゅん》にして、今までの価値観《かちかん》が入れ替《か》わってしまった。

「ぼくも見られてよかったよ。朝鮮《ちょうせん》にこられて、よかった」

目を輝《かがや》かせる巧に、伯教《のりたか》は「よしよし」と満足げにうなずいてみせた。

商品を傷《きず》つけたり下に落とさないように注意しながら、巧はゆっくりと店の奥《おく》に進んだ。入り口と違《ちが》って、奥には何段《なんだん》もの棚《たな》が設《しつら》えてあって、いかにも高価そうな焼き物が飾《かざ》られていた。ほとんどは青緑色の壺《つぼ》で、つややかな肌《はだ》だけでも上等な品物だとわかる。

「これ、高麗青磁《こうらいせいじ》だね」

という巧に、伯教がだまって頷《うなず》く。

高麗時代（九一八年～一三九二年）に制作された磁器で、朝鮮を代表する焼き物でもある。巧たちが育った家にはなかったが、近所の旧家、清水家《しみずけ》に高麗青磁の壺があり、伝右衛門《でんえもん》といっしょに見せてもらったことがあった。幼《おさな》い日の経験で、記憶《きおく》の中の壺は華《はな》やかで明るい青緑色だった。実際に見た青磁は、記憶していた色よりも数段《すうだん》落ち着いた色で実に神秘的《しんぴてき》だった。

伯教が小宮山清三《こみやませいぞう》の家で見たものもこの高麗青磁だった。

伯教は、朝鮮にきてから李王家《りおうけ》博物館へ通ってぞんぶんに高麗青磁を見たのち、京城《けいじょう》の町で骨董屋《こっとう》や道具屋を探《さが》して高麗青磁《こうらいせいじ》を見たが、あまりにも高価で、伯教《のりたか》の手には負えなかった。

そんな折、伯教の目をとらえたのがこの白い焼き物の白磁《はくじ》だった。

巧《たくみ》は感慨深《かんがいぶか》そうに店内を見まわした。

「おじいさんにも見てほしかったなぁ。朝鮮《ちょうせん》の焼き物を見て、おじいさんならどう言うだろう」

伯教も目を細めて、昔を思い出している。

「そうだなぁ。おじいさんの感想を聞いてみたいなぁ。あぁ、なつかしくて、たまらない。おじいさんに会いたいなぁ」

「あんな人はどこにもいないよね」

巧は、父親代わりだった伝右衛門《でんえもん》を思い出す度《たび》に、からだの底から温かいものが湧《わ》いてくるのを感じた。

高麗青磁は、焼き物好きなら知らない人がいないくらいに有名なものだったし、朝鮮の焼き物といえばこの高麗青磁をさすことが多かった。しかし、今伯教を惹《ひ》きつけているのは、高麗青磁のような完成された美しさではないらしい。高麗青磁が貴人《きじん》にふさわしい焼き物なら、伯教の好きな白磁は庶民《しょみん》によく似合うような気がする。

伯教によると、素朴《そぼく》ともいえる白い焼き物は、朝鮮王朝時代（一三九二年李成桂《イソンゲ》が高麗に代わって建て、一九一〇年（明治四十三年）日本に併合《へいごう》されるまで）に作られたもので、朝鮮《ちょうせん》白磁《はくじ》と言うらしい。

ふたりはひとしきり店で焼き物を楽しんだのち、ようやく母の待つ家へと向かった。

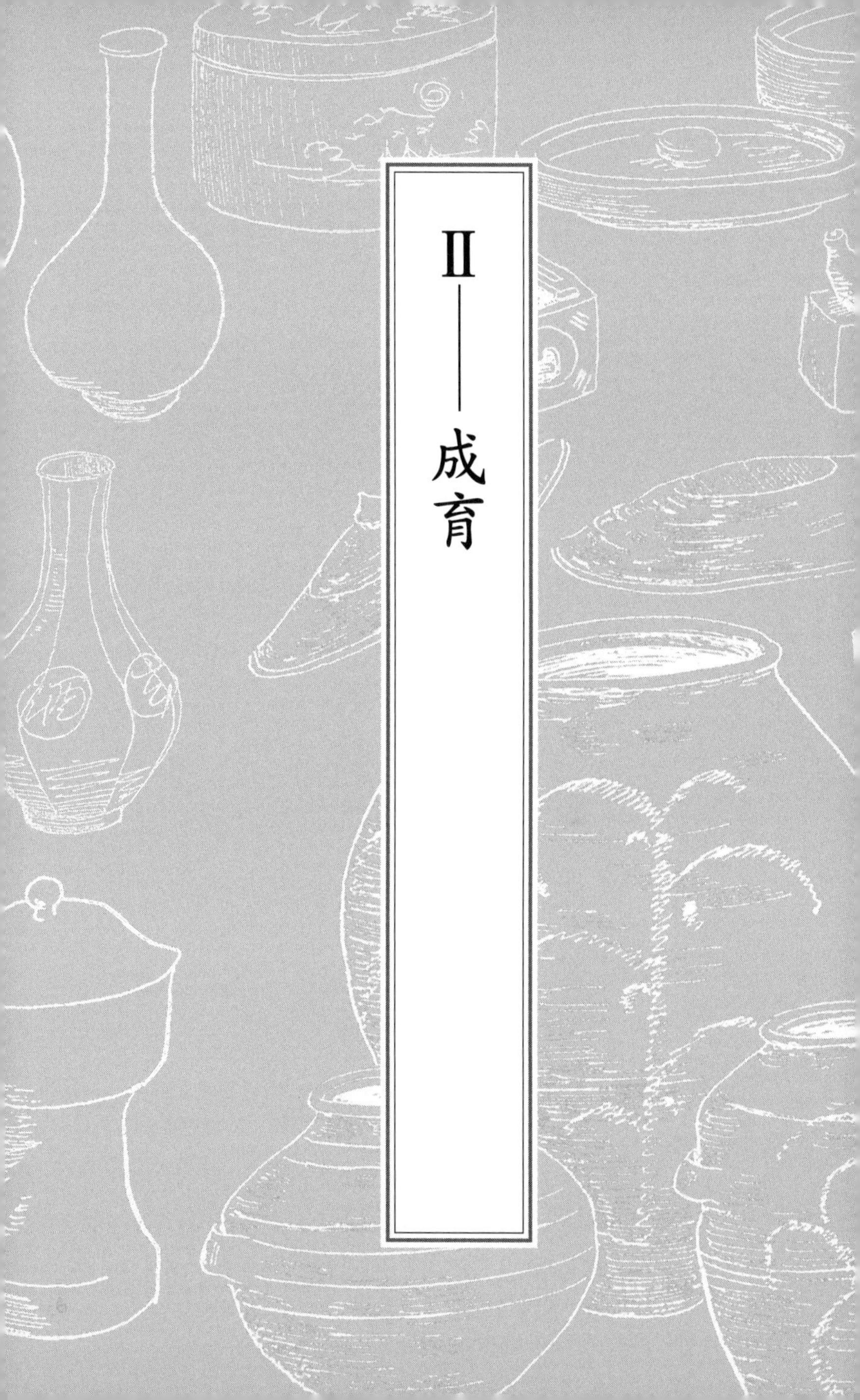

Ⅱ——成育

朝鮮《ちょうせん》の人々の生活に溶《と》けこみ、植林事業の職《しょく》を得、また朝鮮の工芸に魅了《みりょう》される日々を送りながらも、一方では、日本の朝鮮に対する統治《とうち》や差別の現実を思い知らされる。柳宗悦《やなぎむねよし》との出会いから、朝鮮民族美術館の設立《せつりつ》に動きだす。

四　山に緑を

「元気そうでなによりです」

部屋の奥《おく》に正座《せいざ》した母のけいは、巧《たくみ》に小さく微笑《ほほえ》んだ。まるで昨日別れたばかりのように特別な雰囲気《ふんいき》はどこにもない。きちんと着た着物も、静かなたたずまいも、巧には見慣れた光景だった。

けいは伯教《のりたか》といっしょに朝鮮《ちょうせん》に渡《わた》ったのだから、巧と顔を合わせるのは一年ぶりになる。ひさしぶりの再会を内心は喜んでいるだろうに、ごく自然に受け流すあたりは、いかにもけいらしかった。

伯教は日本人が多く住む日本人街をさけて、市井《しせい》の朝鮮人《ちょうせんじん》たちが住む地域《ちいき》に、朝鮮家屋を選んで暮《く》らしていた。家は京城《けいじょう》の中心部の貞洞《チョンドン》にあって、近くに清国《しんこく》やフランスなどの領事館がいくつかあり、梨花《イファ》学堂（今の梨花女子大学校）にも近かった。

けいは朝鮮式の家屋にすっかり馴染《なじ》んでいるふうに見える。日本から持ってきた座布団《ざぶとん》に座《すわ》ったけいは、朝鮮《ちょうせん》の家具に囲まれていても、まったく違和感《いわかん》がなかった。

「朝鮮も住めば都ですよ」

けいが巧《たくみ》を気づかっている。

「心配におよびません。ぼくは好きできましたから」

「巧は気楽な性分《しょうぶん》だから、心配はしませんよ」

そう言って、けいは湯飲み茶碗《ぢゃわん》を持ち上げて両手に包んだ。薄《うす》茶色の湯飲みは茶器にしてはかなり大振《おおぶ》りで、明らかに朝鮮の焼き物だった。

畳《たたみ》のない板敷《いたじ》きの部屋は、朝鮮の家具で調《ととの》えられている。けいの前にある膳《ぜん》には、四本の脚《あし》があって高さは三十センチぐらいだ。日本にはないめずらしい膳だった。

「いいですねえ、そのお膳」という巧に、「おもしろいでしょ。上等な膳には、螺鈿《らでん》細工のものや漆《うるし》がしっかりかかったものもあるらしいですよ」と、けいがこたえる。

部屋の隅《すみ》には簡素《かんそ》な食器棚《しょっきだな》があり、壁《かべ》には朝鮮の古い絵が飾《かざ》ってあった。農家の庭先に咲《さ》いているムクゲの花が、鮮《あざ》やかに彩色《さいしき》されていた。

それらを食い入るように見つめる巧の背後《はいご》で伯教《のりたか》の声がした。

振《ふ》り向くと、朝鮮服を着た伯教がいた。それも、白い木綿《もめん》の服だ。

「兄さんも着るんだね。やーぁ、いいなぁ。おれも早く着たい」

「着るといいよ。実に快適だ」

伯教《のりたか》は満足気に微笑《ほほえ》むと、巧《たくみ》の視線《しせん》に合わせて、絵に目をやった。

「いいだろう」

「素朴《そぼく》な美しさがいいね。見ていると、なんだか、ほっとする」

絵から目を離《はな》さない巧に、「話がある」と、伯教が奥《おく》の部屋に誘《さそ》った。

古い机《つくえ》をはさんで向き合って座《すわ》ると、伯教が巧の就職《しゅうしょく》に関する情報を話しだした。

朝鮮総督府《ちょうせんそうとくふ》は昨年（一九一三年）四月に農商工部山林課林業試験所を設けていて、技師一人と雇員《こいん》（官庁《かんちょう》での正式な職員ではなく手伝いのために雇《やと》われた者）ふたりで始業した。伯教が渡航《とこう》する一か月前のことだった。

林業試験所の仕事はまだ整備が整わず、総督府からは「職場の仕事が軌道《きどう》に乗ったらそのときに考える」という返事をもらうに留《とど》まっている。

「もう少し待ってみよう。人手は必要だろうし、きっとうまくいくと思う」

巧は伯教にうなずきながら、待っている間に朝鮮のことをもっと知ろうと思った。

巧はしばらくの間伯教の家に同居していたが、五月の下旬《げじゅん》には自分だけの住居に越《こ》した。伯教が前もって探《さが》していてくれたところで独立門《トンニンムン》（京城《けいじょう》の北方）にあり、伯教の家まで歩いて三十分ほどの距離《きょり》だった。

独立門《トンニンムン》の家に越《こ》した翌日《よくじつ》から、巧《たくみ》は京城《けいじょう》の町を見て回った。伯教《のりたか》は学校があるので、終わるころにどこかで待ち合わせては、ふたりで道具屋をのぞいて回った。

「とっておきのところに連れていってやる。おどろくなよ」

生真面目《きまじめ》な伯教が、めずらしくはしゃいでみせた。

伯教は子どものときに家長となり、けいから徹底的《てっていてき》に振《ふ》る舞《ま》いなどを仕込《しこ》まれたためか、人前で感情をあらわにすることはなかった。いつも冷静でどちらかというと気むずかしい印象もあるのに、焼き物を前にした伯教は喜びをためらわずに表現している。

案内された店は、今まで行ったところに比べると高級な道具屋に思える。それでも、間口も狭《せま》ければ、店の造りもおおざっぱだった。高級と感じたのは、見るからに高価そうな品物が多いのと、どの焼き物もほこりをかぶっていなかったからだ。

「あっちだ」

伯教のあとにつづいて奥《おく》に進むと、白い朝鮮服《ちょうせんふく》を着た店の主人が、伯教になにやら話しかけた。片言《かたこと》の朝鮮語で返事をする伯教が楽しそうに笑っている。

「なんて言ったの」

たずねる巧に、「今日も見るだけか、だとさ」と、どこまでもうれしそうだ。

「えらく楽しそうだね」

つい巧《たくみ》がそう言ってしまうほどだった。

「これだ」

伯教《のりたか》がさした指の先に、白くて大きな壺《つぼ》があった。上も下も手のひらを広げたぐらいの大きさなのに、壺《つぼ》はぽってりとふくれていて高さも五十センチぐらいありそうだ。遠目には巨大《きょだい》なボールに見えるかもしれない。重心がうまくとれなかったらすぐにでも転んでしまうだろう。

「大きいねぇ」

ため息まじりにつぶやく巧に、「これは特別なんだ」と、伯教がいう。

伯教がいとおしそうに壺をなでた。

「生身の女性みたいだろう？　自然の中で、どっしりゆったりとあぐらをかいているみたいじゃないか」

「そうかなぁ」

巧もたっぷりとした壺になにやら心動かされたが、あぐらをかいた女性までは想像できなかった。伯教から朝鮮《ちょうせん》の女性はあぐらをかくと教えられていたが、壺と女性は重ならなかった。

「もうひとつ、見せたいものがある」

次に伯教が示したのは、十五センチぐらいの壺だった。こちらも白いがところどころに青色の花模様《はなもよう》があった。しかも、壺は上と下だけ丸くつぼんでいるが、胴体《どうたい》から下までは八角柱だった。

「めずらしい形をしているんだね」

言いながら巧《たくみ》は手に取った。

巧の肩越《かたご》しに、伯教《のりたか》も八角柱の壺《つぼ》を見ている。

「朝鮮《ちょうせん》の焼き物は造形的にすぐれているんだ。実におもしろい。ほかにもびっくりするような形の焼き物がいっぱいあるんだ。色もいいけど、形がたまらん」

巧は伯教が彫刻家《ちょうこくか》になりたがっていたのを知っている。ロダンに憧《あこが》れて、有名な彫刻家に弟子《でし》入りし、今もその関係はつづいている。焼き物に造形美を見いだすのは、いかにも伯教らしかった。

朝鮮にきてからの巧は、日中は京城《けいじょう》の町を歩きまわり、夕方には伯教と道具屋を見てまわった。ときには足を延《の》ばして、近くの山に登ったりもした。

巧が気になるのは、やはり山が荒《あ》れていることだった。岩肌《いわはだ》がむき出しになっているのはしかたないとしても、赤茶色に禿《は》げた山肌を見るたびに胸《むね》が痛《いた》んだ。

巧は、一日も早く朝鮮に馴染《なじ》みたくて周りの風景に親しみ、人や生活に使う物品に興味を示したが、なによりも必要と思ったのは朝鮮の言葉を身につけることだった。

子どもが読む本を買ってきてハングル（朝鮮語の文字）を学び、近所の人を相手にしては会話の勉強をした。

よく訪《たず》ねる伯教《のりたか》の家には、物売りや学校の関係者など朝鮮人《ちょうせんじん》の出入りが多くて、誰彼《だれかれ》かまわずつかまえては朝鮮語で話しかけた。

外出中でも、巧《たくみ》は人々に話しかけた。朝鮮語を話したがる日本人の男がめずらしいらしく、彼《かれ》らはおもしろがって巧の相手をしてくれた。

「おかしな日本人だなぁ」

「おれたちをちっともバカにしない」

「おまえは頭がおかしいんじゃないのか」

などとからかわれても、巧は腹《はら》を立てることもなく彼らといっしょに笑いころげた。

必要なことだと習いはじめた朝鮮の言葉だったが、なんとか会話がつづくようになると、言葉の響《ひび》きがとてもいいことに気づいた。

母のけいは朝鮮語を使わないし、知ろうともしない。日本人が多く住む京城《けいじょう》では、日本語しかわからなくても、生活に不自由はない。行政の組織などで管理職についているのはたいてい日本人だし、買い物などで困ったとしても、朝鮮人のほうが言葉のわからない日本人に合わせてくれて、片言《かたこと》の日本語や身振《みぶ》り手振りで伝えてくれた。

ある日、伯教の家で熱心にハングルを紙に書き写している巧に、けいが聞く。

「なぜそんなに朝鮮《ちょうせん》の言葉を学ぶのです。通訳《つうやく》を使ったらいいではありませんか」

巧《たくみ》は文字を書く手を休めて、母のほうを向いた。

「外国の宣教師《せんきょうし》は、行った国の言葉を最初に覚えるそうですよ。どんな人ともわかりあえるようにね」

けいの表情が一変した。宣教師という言葉に反応したのだろう。

けいは、クリスチャンになったふたりの息子《むすこ》に影響《えいきょう》されて、朝鮮半島に渡《わた》る少し前に、自分も洗礼《せんれい》を受けてキリスト者の人生を歩みはじめていた。

まだ納得《なっとく》のいかないけいが、声を落としてたずねた。

「でも、あなたは宣教師ではないでしょう?」

「この国に住むんですから、この国の言葉を使うのが当たり前です。ぼくは宣教師のように、誰《だれ》とも仲よくなりたいのです」

けいは小さくうなずいたあと、口をつぐんだ。

言葉の勉強をしていても気になるのはこの国の樹木《じゅもく》だった。禿山《はげやま》をもとの緑豊かな山にするにはどうしたらいいだろうと考えたり植林を思い描《えが》いたりした。

九月の初め、農林学校の卒業生であることやその後林業に従事《じゅうじ》していた経験が評価されて、巧は山林課林業試験所の雇員《こいん》として採用された。

職場は京城《けいじょう》にある。京城は中心部の東西でも五キロメートルもない小さな町だ。どこへ行くにも、徒歩が可能だった。

巧《たくみ》はすでに木綿《もめん》の朝鮮服《ちょうせんふく》を手に入れていて、家にいるときも町を散策《さんさく》するときも着用している。服は予想以上に着心地《きごこち》がよくて、ベルトなどで締《し》めつけられることもなく、心底ゆったりとできた。

日本人の兄弟ふたりが朝鮮服を着て、夕方の町を歩く姿《すがた》はかなり目立った。

巧の主な仕事は、樹木《じゅもく》の苗《なえ》を育てる養苗《ようびょう》だった。長い間荒《あ》れるに任せていた野山をなんとか緑にしたいと、総督府《そうとくふ》も悩《なや》んでいた。軍用材を調達するためにも、樹木を育てなければならない。すぐにでも植林したいところだが、どんな樹木が適しているかまだわからなかった。

林業試験所の敷地内《しきちない》には苗床《なえどこ》が散在していた。朝鮮在来の樹木や海外の樹木の苗が、ていねいに育てられている。あるものは種から発芽させ、あるものは苗木を運んで苗床に移植されていた。

どんな植物の苗がどのように育っていくかを観察するのは、試験所の大事な仕事だった。植林にふさわしい樹木を選ぶためにも、職員は苗の生育に心血を注いでいた。

職場に通いだして数日たったころだった。向こうから苗木の入った木箱を運んでくる男と出会った。まだ少年みたいな幼《おさな》さが残っている。薄汚《うすよご》れた朝鮮服を着ているところを見ると、男は手伝いの使用人だと思われる。男は箱を肩《かた》にかついでいるが、いかにも重たそうで、足元がふらついていた。

巧《たくみ》はぱっとかけだすと、箱に手を添《そ》えた。

「手伝います」

とつぜん現れた日本人を、男がいぶかしそうに見ている。あどけなさの残る男の顔はひどく角張《かくば》っていて、一度会ったら忘《わす》れられない顔だった。四角い顔につり上がった目も印象的だが、年齢《ねんれい》と顔つきの不似合いに愛嬌《あいきょう》が感じられる。巧はいっぺんにこの男が好きになった。こういう顔つきの人はきっといい人だと、勝手に思いこんでいる。

気がつけば、男がまだ巧を見つめていた。そのときになって、巧は口にしたのが日本語だったと気づいたものの、とっさのことで、朝鮮語《ちょうせんご》でどう言ったらいいのかわからない。知っている朝鮮語の単語を思い浮《う》かべた。

「わたしとあなた、運びます」

男は巧の話す朝鮮語におどろいたようだが、わずかに微笑《ほほえ》んで首を振《ふ》った。

「これは自分の仕事だから手伝わなくていい。仕事をしないとお金がもらえない」

という意味のことをいった。

巧は職場なので背広《せびろ》を着ている。役所の人間だということは服装《ふくそう》が物語っている。男が断ったのはそのせいかもしれなかった。

しかし、手助けはいらないと言われて、そのまま引きさがるような巧《たくみ》ではない。今度は言いたいことをしっかり考えてから朝鮮語《ちょうせんご》で話しかけた。

「わたしは荷物を運ぶのがとても好きなのです。だから、わたしにも運ばせてください」

男がぷっと吹《ふ》き出した。

「わたしの朝鮮語、おかしいですか?」

問いかける巧に男が首をかしげる。

「荷運びが好きな人間なんて、いるわけないでしょ。あなたはここの役人でしょう? 日本人ですよね」

「はい、そうです」

「どうして朝鮮語を使うのですか。日本人は日本語で命令するのに」

巧は男に笑いかけた。

「ここは朝鮮ですから、朝鮮の言葉がいいと思います」

男はまた首をかしげた。

「こんな日本人は初めてですよ」

つぶやきながら行きかけた男の前へ、巧はひょいとおどり出た。

「わたしとあなた、友だち。友だちは助けるでしょ?」

またしても箱に手を伸《の》ばす巧《たくみ》を、男は半ばあきれている。

「ぼくとあなたは年が違《ちが》います」

「わたしは若《わか》い友だちが大好きです。特に朝鮮《ちょうせん》の若い人と友だちになりたい」

男は横を向いてちっと舌打ちした。

「ぼくは日本人とは友だちにならない」

「おかしいですね。わたしは友だちです」

「日本人は好きじゃない」

「わたしは朝鮮の人が好きです」

「若い者に向かってていねいな言葉でしゃべるし、まったく変な日本人だ」

「わたしは浅川《あさかわ》巧です」

「あ、さ、か、わ、た、く、み」

「はい、そうです」

男はまだ腑《ふ》に落ちないようだったが、それでも巧に箱の片方《かたほう》をゆずった。

「ありがとう」

お礼をいう巧に、男は、わけがわからないというふうに首をかしげた。少しだけでも自分を受け入れてくれたことを、巧《たくみ》は素直《すなお》に喜んだ。

その男は毎日林業試験所に通ってくる使用人のソンジンだとわかった。年齢《ねんれい》は十五歳《さい》ということから、少年っぽさが残っているのは当然だった。

四角い顔をしたソンジンは、巧の予想以上にがんこ者だった。日本人がとりしきる役所で働きながら、日本人といっさい話さないばかりか、目も合わせなかった。使用人は命令だけ聞いていればいいとでも思っているのだろう。職場の日本人の中にはソンジンに不快感を持つものもいたが、仕事がていねいで陰《かげ》ひなたのない働きぶりは捨てがたく、今につづいているらしい。

巧はひまを見つけると、ソンジンに近づいて話しかけた。たいていは無視《むし》されたが、ときには「ああ」とか「違《ちが》う」とか、素《そ》っ気《け》なく返事をするようになり、近《ちか》ごろでは、ソンジンのほうから挨拶《あいさつ》をするまでになった。

職場での仕事は多く、あたふたと余裕《よゆう》のない生活をしているうちに野山が色づきはじめていた。紅葉《こうよう》といえば赤いモミジを連想する巧だったが、イチョウが多い朝鮮《ちょうせん》の秋はひときわ黄色が美しかった。黄金色《こがねいろ》と呼《よ》びたくなるほどに混じり気のない黄色は、青く澄《す》んだ空に鮮《あざ》やかだった。

巧は一昨日から朝鮮半島の北部へ来ている。山を歩いて樹木《じゅもく》の種を集めたり、山の現状を調査するのが目的だった。

案内にたのんだ村の男が、通訳《つうやく》の男をちらっと見て、巧《たくみ》に耳打ちする。

「ふたりだけでも大丈夫《だいじょうぶ》なのに」

「ありがとう。でも、わたしの朝鮮語《ちょうせんご》はまだまだですから」

男に案内してもらうのはこれで三回目になる。巧の朝鮮語はかなり上達していたが、仕事に手違《てちが》いがあってはいけないと通訳を伴《ともな》っている。

これから入っていく山の手前で、男が大きなため息をついた。

「こんなこと、誰《だれ》にでも言えることではありませんが、日本に併合《へいごう》されてから、朝鮮の山は荒《あ》れ放題《ほうだい》ですよ」

通訳が言いかけたのを巧が止めて、男になぜかとたずねた。

「見てください。枯《か》れ木や枯れ枝《えだ》は放りっぱなしだし、灌木《かんぼく》も生えるまま。木の下枝も払《はら》わないから、立ち枯れる木もでています」

地肌《じはだ》をむき出した禿山《はげやま》も困るが、手入れのできていない山も困る。足元に枯れ木や枯れ枝が散乱《さんらん》していて、思うように進めない。

朝鮮では持ち主のはっきりしていない山は「無主公山《むしゅこうざん》」と呼《よ》ばれ、以前は近くの寺が管理したりして、不要な木々は民家の薪《たきぎ》として利用されていた。ときには小屋作りにも利用され、下草はいつも刈《か》られて山はきれいになっていた。ところが併合後《へいごう》は、それらの山々をことごとく総督府《そうとくふ》から依頼《いらい》された日本の会社が安く買い上げ、一般人《いっぱんじん》の立ち入りを禁じた。

山を手に入れた日本の資産家たちは、軍用材や土木工事の需要《じゅよう》に応じて、山林の乱伐《らんばつ》をつづけた。山の木々がなくなれば樹木《じゅもく》も選ばず手当たりしだいに植林し、林道もつけなかった。

一方、伐採《ばっさい》の手が入らないところは放置したままで、山がやせていくだけでなく、利用できなくなった庶民《しょみん》は生活に不便をきたしていた。

巧《たくみ》が出張を終えて、数日ぶりに林業試験所に出勤《しゅっきん》し、報告書の整理をしていると、

「あさかわ、せんせい」

と、ぎこちない日本語で呼《よ》ぶものがいる。誰《だれ》かと思えば、ソンジンが事務室の入り口に立っていた。職場で、特に日本人のいるところでは日本語を使わないといけないと思っているのだろう。

なにかと思えば、ソンジンがきてくれと早足で外へ行く。

「大変です」

ここからはふたりとも朝鮮語《ちょうせんご》だ。

「どうした?」

「見てください。苗《なえ》が、苗が……」

赤子を育てるように注意深く育ててきた苗木《なえぎ》が、全部地面にはりついている。出張に出かける前には、何本か枯《か》れてしまったものの、じょうぶに育っている苗木もたくさんあった。まるで、水が不足してしなびた感じだ。

巧《たくみ》たちの前で枯《か》れかかっている苗木は、他国のものではなく、この朝鮮《ちょうせん》の山から採集したチョウセンカラマツの苗木だった。

「なぜだめなんだ。朝鮮の山にあるチョウセンカラマツじゃないか」

巧はあまりにもくやしくて、立ち上がる気力さえもなくしてしまった。

なぜだなぜだと問いつづける巧の背中《せなか》に、ソンジンがやさしいまなざしを注いでいた。

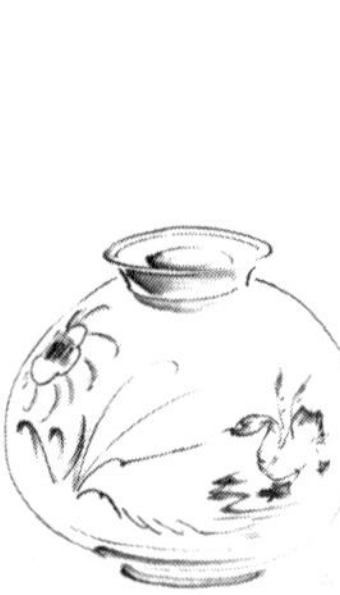

五　膳《ぜん》

朝起きると、昨夜降《ふ》った雪が朝日を受けて、まぶしく光っていた。ひとしきり一面の雪景色をながめたあと、巧は大きく息を吸《す》いこんだ。冷たい空気がぴりぴりとのどを刺激《しげき》する。

「おぅ、さぶっ」

両手をこすり合わせながらふーっと息を吐《は》いてみる。白くまっすぐに伸《の》びていく息を、巧《たくみ》はさわやかな気持ちで見ている。

翌年《よくねん》の二月、初めて経験した朝鮮《ちょうせん》の冬はほんとうに寒かった。日本の秋田県で過ごしたときも、同じ日本かと思うくらいに雪が多くて寒かったが、京城《けいじょう》の寒さは秋田県とは比較《ひかく》にならなかった。気温は秋田県よりずっと低いはずだが、雪の量はさほどでもない。

家々の軒下《のきした》にぶら下がるつららをながめているうちに、寒さで鼻の穴《あな》が痛《いた》くなった。ほおが針で刺《さ》されたみたいに痛かったのに、いつのまにか感覚がなくなっている。凍傷《とうしょう》になったら大変だとばかりに、巧は家の中にかけこんだ。

部屋に入ったとたん、足元からじんわりとぬくもっていく。凍《こお》ったからだが溶《と》けていくような気分だった。

朝鮮の家々は、冬になるとオンドルで家を温める。床下《ゆかした》に煙道《えんどう》を設けて焚《た》き口からの燃焼《ねんしょう》空気を通すのだ。床《ゆか》からの暖房《だんぼう》は実に快適だった。

家には、住みこみで巧の世話をしてくれているおばさんがいる。今も湯気の立つ汁《しる》をのせた朝ご飯を運んできた。ここで作られる料理は、巧の要望ですべて朝鮮の献立《こんだて》だった。

今朝は日本の味噌汁《みそしる》のような豆腐《とうふ》のチゲとキムチと豆ご飯だった。

「ご飯を食べたら温かくなりますよ」

おばさんが運んできた膳《ぜん》を、巧《たくみ》はまたながめわたす。

「よっぽど気に入ったんですねえ」

「はい。この膳はすばらしいです」

「どこの家にもある、普通《ふつう》のものですけどねえ。先生はなんでもめずらしがるから」

「だって、この膳は美しいですよ」

「そんなことを言うのは、先生ぐらいですよ。最近は、膳を使わない家も増えてきたようです」

「どうして？」

「お金持ちの家は、いすとテーブルを使うらしいから」

聞きながら、巧は残念だなぁと思う。生活の様式は時代とともに変わっていく。いつか家々から膳がなくなっていく日があるかもしれないからだ。

おばさんは食事の味はどうかと聞いたあと、部屋を出ていった。

巧は食事の手を休めて、膳の縁《ふち》をやさしくなぞった。よく使いこまれたこの膳には、手にやさしくてほどよい光沢《こうたく》がある。漆《うるし》はわずかにしかかかっていないのに、使う人の手や布が、時間をかけてこのように美しく仕上げたのだろうか。

伯教《のりたか》の家で母に会ったとき、母の前にあったのも朝鮮《ちょうせん》の膳《ぜん》だった。あれは上の面が四角だったけれど、巧《たくみ》のものは八角形をしている。

この膳は、母のよりは少しだけ上等らしくて、表面に草花の模様《もよう》が彫《ほ》りこんであった。巧が選んだものではなく、おばさんが用意してくれたのだった。

林業試験所に就職《しゅうしょく》してから、朝鮮《ちょうせん》の山々をずいぶんと歩きまわった。行く先々の宿や店先で目にしたのが朝鮮の膳だった。面の形も脚《あし》もそれぞれで、いかにも手作りらしいぬくもりが感じられた。

使われている木も、イチョウ、ケヤキ、シナノキ、ハンノキなどその土地で普通《ふつう》に収穫《しゅうかく》しやすい木を選んでいた。

「朝鮮の膳は、いったいどれぐらいの種類があるんだろう」

樹木《じゅもく》の発芽や養苗《ようびょう》が主な仕事の巧にとって、朝鮮の山を緑に変えることが大きな目的だったが、膳への興味は、自分でも思いがけないことだった。

山梨《やまなし》の家にあったケヤキの食卓《しょくたく》を思い出した。屋敷内《やしきない》にあった樹齢《じゅれい》五百年のケヤキが落雷《らくらい》で焼けたあと、ケヤキの大木は食卓に生まれ変わって、家族の生活に参加しつづけた。もしかすると、あのころに木製品への関心が生まれたのかもしれない。

木でできた器具というだけではなく、木が緑の葉を茂《しげ》らせていたときの生命を、目の前の器具に感じられるのがうれしかった。樹木《じゅもく》の命が、形を変えて受け継《つ》がれていると感じるだけで、からだにぬくもりが生まれた。

「つくづくと、わたしは木が好きなんだ」とつぶやいて、「そうかな……?」と自問する。

「白磁《はくじ》もいい……」

と、さじを持ったままちょっと考えた。

「朝鮮《ちょうせん》の膳《ぜん》も白磁も、いいものはいい」

と、つぶやいた。

楽天家の巧《たくみ》は、いつまでもこだわることがない。もっとも、仕事だと話は別で、時間が過ぎるのを忘《わす》れてのめりこむのはしょっちゅうだった。

養苗《ようびょう》の仕事は未《いま》だに満足のいく結果が出せないでいる。それでも、少しずつではあるが、発芽から順調に育つ苗《なえ》も多くなっていた。

巧の仕事ぶりは、上司たちの期待をはるかに上回っていた。樹木に関する知識はおどろくほど豊富で、土壌《どじょう》や植生については、林業に携《たずさ》わる人なら誰《だれ》でも知らなければならない基本事項《こう》が、きちんと整理されていた。農林学校で学んだことと秋田県大館《おおだて》での仕事の経験が結実していた。

林業試験所の仕事だけでも手いっぱいな巧に、講演の仕事が加わった。地方まで出向いて、多くの山林従事者《じゅうじしゃ》に講演するのだ。土質に合った樹木《じゅもく》のことや、植林による山の再生などについて語り、加えて、実験の結果などを論文《ろんぶん》にして、ひんぱんに発表するようにとも言われた。

春には未だ少し時間がある三月の初め、心待ちにしていた日曜日の朝がきた。教会の礼拝《れいはい》がはじまる前に寄りたいところがあった。

路面電車の停留所で電車を待っていると、近くを通る人々が巧《たくみ》に声をかけていく。

「おはよう」

「朝鮮服《ちょうせんふく》が似合うねぇ」

「ちゃんとご飯を食べているかい?」

いちいち返事をしてはたまにヘタなしゃれを言って相手を困らせたりした。巧の朝鮮語はもう日常会話に不便はなかったが、ちょっとひねった言葉遊びをしようものなら、たちまちボロが出る。まだまだ自在というわけにはいかなかった。

電車はすいていて、乗客はまばらだった。適当な席を見つけて座《すわ》った巧の前に、向かいの席から立ち上がった男が近づいてくる。男は仕立てのいい背広《せびろ》の上に、温かそうなコートを羽織り、手にはステッキがあった。見るからに金持ちの日本人紳士《しんし》に見えた。

わざわざ立ち上がってまできてくれる男の顔をそれとなく確かめた。仕事で出会った知り合いかもしれないと、けんめいに思い出そうとしたが、男の顔に見覚えはなかった。

紳士風《しんしふう》の男をちらっと見上げて、まさかと思いつつも、どこかでいやな予感がしていた。

巧《たくみ》の前に立った男が、いきなりステッキで巧の膝《ひざ》を突《つ》いた。

「立て」

口調のけわしい日本語だった。

巧は座《すわ》ったまま、顔を上げて男と目を合わせると、のんびりと言った。

「どうしました？　わたしになにか用でしょうか」

朝鮮服《ちょうせんふく》の男が流暢《りゅうちょう》な日本語を話すとでも思ったのだろう。男はおどろきを隠《かく》せないまま、声を荒《あら》らげた。

「立て。生意気な朝鮮人《ちょうせんじん》めっ」

男はまたステッキで巧の膝を突いた。

男の乱暴《らんぼう》を注意するものはいない。誰《だれ》もがおしだまっていた。男は、巧をにらみつけたまま仁王立《におうだ》ちしている。

巧はだまって立ち上がると、そうっと車内を見まわした。六人の乗客は着るものからして全員日本人だった。数人が気の毒そうに巧を見ているが、口は閉《と》ざしたままで、彼《かれ》らも心なし辛《つら》そうに見える。

よくある光景だった。こういう日本人の横暴な態度を初めて目にしたときは、衝撃《しょうげき》と怒《いか》りでからだが震《ふる》えた。とんでもないやつだと食ってかかったときもある。しかし、日本人の横暴な態度は、決してめずらしいことではないとわかるのに時間はかからなかった。

巧《たくみ》は次の停留所で電車を下りた。目的地までかなりの距離《きょり》があるが、電車の中で不愉快《ふゆかい》な時間を過ごすよりはいい。

歩いていても、電車の中の出来事が頭から離《はな》れなかった。あの男に「わたしは日本人です」と言ったらどうなっていただろう。

巧自身がどのように扱《あつか》われるかは、たいした問題ではない。この国の住人である朝鮮人《ちょうせんじん》たちが、外から入ってきた日本人にさげすまれるのが、どうにも我慢《がまん》がならなかった。

刺《さ》すように冷たかった外気が、いつしかさほど気にならなくなっている。長く歩いてからだが温まると、冷気も肌《はだ》に触《ふ》れる瞬間《しゅんかん》に温度が上がるのだろうかなどと、どうでもいいことを考えながら歩いていると、大きな荷物を積んだ荷車とすれちがった。

振《ふ》り返って荷車の荷に注意を払《はら》うと、すぐに引っ越《こ》しの家財道具だとわかった。

「あるある」

ひとり言をつぶやく巧の顔に笑《え》みがもどっていた。

鍋《なべ》や釜《かま》や夜具などを積み上げた荷のいちばん上には、あの、朝鮮の膳《ぜん》があった。今までに何度となく引っ越《こ》しの光景に出会ったが、必ず最上段《さいじょうだん》にあるのが木製の膳《ぜん》だった。大切にされる一家の紋章《もんしょう》のようにも感じられて、越していく人々の行く末に幸せを祈《いの》らずにはいられなかった。

やっと目当ての店が見えてきた。巧《たくみ》が出入りする道具屋の中ではもっとも格式の高い店だった。

「おはようございます」

「巧さん、待っていましたよ。昨日のうちに揃《そろ》えておきましたから、どうぞ見てください」

主人とはすっかり顔なじみになっていて、呼《よ》び方も巧に言われるまま、先生から巧さんに変わっている。

店の奥《おく》まったところに特別の品を置いておく小部屋があって、巧は急ぎ足でその部屋に入った。

「おお、見事な品ばかりだ」

部屋には膳《ぜん》が十脚《きゃく》用意されていた。どれもがつややかに化粧《けしょう》されていて、脚《あし》は曲線を描《えが》いた猫足《ねこあし》になっている。大きさも高さもまちまちだが、いずれもひと目で上等な品だとわかるものばかりだった。

ひとつひとつをていねいに見てまわった巧が選んだのは、大きな長方形の膳だった。表面の木目が美しい仕上げで、上面の中央と四隅《よすみ》にボタンの花が描《えが》かれている。

巧《たくみ》は目を閉《と》じて、伯教《のりたか》が結婚《けっこん》した相手の顔や姿《すがた》を思い浮《う》かべた。妻のたか代《よ》は巧たちの郷《きょう》里《り》に近い穂坂村《ほさかむら》（今の韮崎市《にらさきし》穂坂町）の人で、甲府《こうふ》にあるミッションスクール、山梨英和《えいわ》女学校の卒業生だ。伯教や巧と同じように、甲府のメソジスト教会に通うクリスチャンでもあった。

たか代は、旧家のお嬢《じょう》さんらしい気高さと、誰《だれ》をも受け入れる大らかさをあわせ持った人で、巧はふたりの結婚を心から祝福したかった。

選んだ膳《ぜん》には目立った華《はな》やかさがなく、質素なようでいて、実は高度な技術に裏打《うらう》ちされている。

閉じたまぶたの裏で、この膳の前に座《すわ》ったたか代が微笑《ほほえ》んだ。たか代によく似合っている。

「ケヤキですね。これがいい」

迷わずに決めた巧に、主人がうなずく。

「結婚の祝いにふさわしいでしょう。使っているうちにもっと美しくなりますよ」

巧はありったけのお金を差し出した。

「足りない分はまたあとで……」

言うなり、主人に頭を下げた。

ありがたいことに、不足分は来月の給料で支払《しはら》える金額だった。

巧《たくみ》の朝鮮語《ちょうせんご》は着実に成果を上げていて、すでに、日常の会話は不自由なかった。ただ、話すのも聞くのも、ゆっくりであるという条件がつく。

伯教《のりたか》の家の住所を書いて主人に渡《わた》し、早めに配達してくれるようにたのむと、巧は教会への道を急いだ。

京城《けいじょう》の駅が間近になり、少し先に教会の屋根に揚《あ》がった十字架《じゅうじか》が見えてきた。

巧のからだからはもう湯気が立っているのではないかと思うほど暑くなっている。額の汗《あせ》をぬぐったついでに、朝鮮服の上の防寒着をぬいだ。

「浅川《あさかわ》先生。浅川巧先生」

後ろで声がして振《ふ》り向くと、ソンジンだった。

「やあ、ソンジン。こんなところで、なにをしているんだね」

「先生こそ。なにをしているんですか?」

「わたしはこれから教会へ行くんだよ」

「あっ、そうでした。先生はクリスチャンでした」

「先生はやめてくれないか。ここは職場でもないし。たのむよ、ソンジン」

「そうはいきません。先生は先生です」

がんこなソンジンは決して自分の意志を曲げない。しかし、十五歳《さい》の少年らしくきびきびと働く姿《すがた》はたのもしいし、教えたことはことごとく身につけていった。聡明《そうめい》な少年だった。

巧《たくみ》が林業試験所で使用人たちに苗《なえ》の育て方を教えたり、時には外に出向いて植生について講演したりするので、ソンジンはとてもりっぱな先生だと思いこんでいるようだった。

聞けば、ソンジンは田舎《いなか》から出てくる妹を待っているのだとか。

「やっと家が借りられましたから、妹を呼《よ》ぶんです」

ソンジンは京城《けいじょう》よりもずっと北の田舎で生まれ育ったが、両親はすでに亡《な》く、たったひとりの、年の離《はな》れた妹を田舎の親戚《しんせき》に残して数年前、京城にきたらしい。日雇《ひやと》いの人夫、雑貨店の使用人、酒場の下働きなど、さまざまな仕事をしたが、妹を呼びよせるところまではいかなかった。それが、文字の読み書きができるとわかって、酒場によくきていた役人が今の職場を紹介《しょうかい》してくれたという。

「ありがたくて……浅川《あさかわ》先生に会えたのも、よかったと思っています」

「わたしもソンジンと友だちになれてうれしいよ」

立ち止まって話していると、背中《せなか》がぞくぞくしてきた。さっきまでの暑さがうそのように、外の冷気が一気にからだを取り囲んでいく。

「ソンジン、妹さんとはいつ会うんだ?」

四角いソンジンの顔が、ぐにゃっとくずれたかと思ったら、恥《は》ずかしそうに下を向いて笑っている。かたくなさが消えて、普通《ふつう》の少年に見えた。

「昼の十二時ころに着く電車だと言っていました」

今はまだ十時にもなっていない。一刻《いっこく》も早く妹を迎《むか》えたくて、家でじっとしていられなかったのだろう。かなり年が離《はな》れていると言っていたから、幼《おさな》い妹が気になってしかたがないのかもしれない。ソンジンの意外な一面を見られて、巧《たくみ》はちょっとうれしい。

「外は寒いだろう。ソンジン、いっしょに教会へ行こう」

礼拝堂《れいはいどう》は暖房《だんぼう》が効《き》いていて温かいはずだった。

「わたしなんかが……」

ためらうソンジンの手を引っ張って、巧は教会へと歩きだした。

巧や伯教《のりたか》が籍《せき》を置いている教会は京城《けいじょう》のメソジスト教会で、自分たちが洗礼《せんれい》を受けて通った甲府《こうふ》のメソジスト教会と同じ教派《きょうは》の教会だった。朝鮮《ちょうせん》に来てから、仕事などで都合がつかないとき以外は、必ず出席していたが、このごろ、考えるところがあって、あちこちの教会を訪ねていた。

これから行こうとしている教会は、メソジスト派ではないが、同じプロテスタントの大きな教会だった。

巧が手を放すと、ソンジンの足は急に遅《おそ》くなって、巧との距離《きょり》がどんどん大きくなっていく。

ソンジンがしぶっているのは一目瞭然《いちもくりょうぜん》だ。

「浅川《あさかわ》先生、やっぱり、やめておきます」

「からだを温めるつもりでいこうよ」

「でも、日本人の教会でしょ？　わたしは朝鮮人《ちょうせんじん》ですから」

「誰《だれ》だってかまうものか。教会は誰でも大歓迎《だいかんげい》するはずだよ」

「そうでしょうか……」

「そうに決まっている。イエス・キリストはどんな人をも差別なさらない。誰をも同じように大事に思ってくださるんだよ」

「でも、教会にいるのは日本人ですよね」

ソンジンの日本人嫌《ぎら》いはよく知っていた。だからこそ、ソンジンを連れていきたかった。連れてきてよかったと思わせてくれる教会であってほしいと、巧《たくみ》は心の中で祈《いの》っていた。

ソンジンが言うように、朝鮮に新しくつくられた教会は日本人のためのもので、以前からある朝鮮人の教会とは、ほとんど交流さえもなかった。同じクリスチャンなのに、どうしてこんなことになるのか、巧は納得《なっとく》がいかなかった。

後《おく》れがちなソンジンに、巧はちょっとおどけて話しかける。

「わたしも初めて行く教会なのだよ。ふたりして初めてなんだから、仲よくいこうぜ。とにかく、中は温かい。それだけでもいいじゃないか」

「わたしは寒くありません」

ぶすっとこたえるソンジンの鼻の頭は、寒さで真っ赤になっている。綿入れを羽織っているけれど、使い古したもので、保温の効果は疑《うたが》わしい。

巧《たくみ》はときおり振《ふ》り返って、ソンジンの存在《そんざい》を確かめた。しぶしぶでも、彼《かれ》はちゃんと巧のあとにつづいている。

「おい、ソンジン。妹さんがくるまで、ずっと外で待つつもりだったのか？」

ソンジンがまた恥《は》ずかしそうににっと笑う。

「先生が思うほど寒くはありません。田舎《いなか》にいたときは綿入れもなかったし、食い物もなかった。それでもちゃんと生きていますから」

「そりゃあそうだろうよ。ソンジンだものなぁ」

「どういう意味ですか？」

ソンジンは平気で巧に食ってかかる。

「だって、きみ、顔を見たら、殺しても死なないみたいだ」

「先生はどうなんです。すぐに殺されそうな顔ですか？」

「言うねえ……わかったよ。われわれは美男子じゃないところまで同じだ。これでいいかい？

ソンジン」

「そこまではっきり言わなくても」

おたがいに自分の顔を思い浮《う》かべて同時に吹《ふ》き出していた。

ふたりは気分よく教会の中に入った。

中はむんむんするほどの熱気で、効《き》きすぎた暖房《だんぼう》のもとでたくさんの日本人が知人と話しこんでいる。

どこに座《すわ》ったらいいものかと、会堂の中を見まわしているとき、奏楽《そうがく》のオルガンが演奏されはじめた。話し声がぴたりとやんで、人々は足早に席に着いた。

講壇《こうだん》の前から五、六人が座れる木の長いすが二列、整然と並《なら》んでいる。一列に十脚《きゃく》だから、百名あまりが収容できる教会だった。

中央の通路側に空席がいくつかあったので、巧《たくみ》はソンジンをうながして前へ進んだ。

会場の真ん中を、朝鮮服《ちょうせんふく》を着たふたりが前に進んでいくのだ。かなり目立ったことだろう。あちこちから強い視線《しせん》が注がれているのを肌《はだ》に感じた。

巧は視線に気づかないふりをして、

「ここにしよう」

と、ソンジンを先に座らせようとした。

先に座《すわ》っていた婦人が、くいっと顔を上げてふたりを見た。

「朝鮮《ちょうせん》の方ですか?」

白髪《しらが》交じりの上品な婦人だったが、言葉にとげがあった。

巧《たくみ》は平然と、「日本人ですが、なにか?」と、おだやかに笑いかけた。

婦人は巧からソンジンに視線《しせん》を移した。

「あなたも日本人ですか?」

聞かれたソンジンは胸《むね》を張って、毅然《きぜん》とこたえた。

「朝鮮人ですが、なにか?」

巧とそっくり同じことを言っているが、ソンジンが口にしたのは朝鮮語だ。たちまち会堂の中がざわめく。

婦人は乱《みだ》れてもいない着物の襟元《えりもと》を指先で直しながら、巧に微笑《ほほえ》みかけた。いかにも余裕《よゆう》がありそうに、ゆったりと、しかも幼《おさな》い子にでも言いふくめるようにゆっくりと語りかける。

「ここに朝鮮の方がいらっしゃるのは初めてです。もし居心地《いごこち》が悪いようでしたら……」

巧は婦人の言葉をさえぎって、さっきよりももっと愛想《あいそ》よく笑いかけた。

「いえ、べつに居心地が悪いことはありません。お気遣《きづか》いくださって、ありがとうございます」

ソンジンは座《すわ》っていいものかどうか迷っているらしく、いすの前で立っている。

「座ろう」

巧《たくみ》の声といっしょに、ふたりは腰《こし》を下ろした。

巧が朝鮮《ちょうせん》の言葉を理解するように、ソンジンもたいていの日本語はわかる。加えて、ソンジンはとても勘《かん》がいい。婦人が言いたかったことは、おそらくソンジンにも伝わっているはずだった。

巧はソンジンに申しわけないと思いつつ、牧師の説教に耳をかたむけた。

演題は「隣人《となりびと》を愛せよ」だった。

牧師はゆっくりと会場を見わたしたあと、静かに語りはじめた。

「敵であっても、わたしたちは隣人を愛さなければなりません。なぜなら、イエスがそうだったからです。イエスは自分を十字架《じゅうじか》にかけた人々をさえも『彼《かれ》らは自分がなにをしているのかわからないのです。どうぞ許してやってください』と父なる神に祈《いの》りました」

牧師は熱く説いていた。

巧は礼拝《れいはい》が終わるとすぐに席を立って、ソンジンとともに外に出た。ぐずぐずしていたら、人々がなにを話しかけてくるかわからない。ソンジンにとってうれしい話が聞けるとは思えなかった。

きた道を引き返しながら、巧《たくみ》はソンジンの肩《かた》をたたいた。

「わたしの作戦は成功しただろう？」

「作戦ですか？」

巧は自分の両手をソンジンのほおに当てた。

「どうだ、温かかっただろう。温まれてよかったなぁ」

「はい、作戦は成功でした」

バス停でソンジンと別れたあと、巧はとぼとぼと伯教《のりたか》の家を目指した。

巧の耳には、牧師の熱を帯びた説教がまだ残っている。あの説教と、教会の中で聞いていた人たちのソンジンに対する態度は、どうしてもうまく重なっていかなかった。

教会への不満をどうしたらいいのだろうと思う。電車の中の日本人の横暴ぶりをだまって見過ごした自分は間違《まちが》っているのだろうかと思う。いちいち「それは違います」と叫《さけ》ぶのが最良ではないかもしれないが、だまって放っている自分も間違っているような気がする。でも、なにをどうしたらいいのかわからなかった。

ただ朝鮮《ちょうせん》の人たちに申しわけなくてしかたなかった。いつか必ず、朝鮮の人たちのために役に立つことをしよう。そう自分に語りつづけるしかなかった。

六　結婚《けっこん》

巧《たくみ》は半島にきてからもよく手紙を書いた。

郷里《きょうり》の親戚《しんせき》や、かつての同僚《どうりょう》で、秋田県で林業に従事《じゅうじ》している知人たちに、せっせと近《きん》況《きょう》を書き連ねては投函《とうかん》した。特に同じ仕事に携《たずさ》わっている旧友たちには、朝鮮《ちょうせん》で育ちやすそうな苗木《なえぎ》を送ってくれとか、こちらの実験の失敗を伝えて、原因がわかったら教えてほしいとたのんだりもした。

なかでも、最も多くしたためたのは親友の浅川政歳《あさかわまさとし》への葉書《はがき》だった。

政歳への葉書は、まるで日記でも書くように、巧が育てた花壇《かだん》の花を描《えが》いたり、白磁《はくじ》の壺《つぼ》を描いたりして、絵の横に日々の出来事を書きそえた。

政歳にはひとつ年上の姉みつえがいる。巧がまだ学生のころ、政歳の家を訪《たず》ねるたびに姉のみつえがお茶を運んできてくれた。控《ひか》えめでいい人だなあと好意を抱《いだ》いていたが、ふたりきりで話す機会も作れず、政歳にみつえへの思いを伝えることもできずにそのままになっていた。

それが、ある日受け取った政歳《まさとし》からの手紙に、姉のみつえは以前から巧《たくみ》のことが好きらしい。巧はどうかとあった。さらに、ふたりがいっしょになってくれたらとてもうれしいと書きそえられている。おどろいたのは巧だ。みつえは巧にとって、少しだけ特別な女性だった。政歳の姉でなかったら、もしかしたら交際したいと思ったかもしれないが、意識する以前に、自分であり得ないことにしてしまった。

巧のおどろきはやがて喜びに変わっていった。じわじわとうれしさがこみ上げてきた。みつえを好ましく思う以上に、尊敬《そんけい》する友だちから大事なお姉さんを託《たく》されたという感動が大きかった。

一九一六年（大正五年）、朝鮮《ちょうせん》にきてから二度目の二月を迎《むか》えたある日、山梨《やまなし》の教会で結婚《けっこん》式を挙げた巧とみつえは、京城《けいじょう》の新居の入り口に立っていた。

二日間電車や船を乗り継《つ》いできたにもかかわらず、みつえは疲《つか》れた様子もなく、新居の中をものめずらしそうに見てまわる。

巧は内心どきどきしていた。

結婚が決まってすぐ、巧は今までの家を引き払《はら》って、林業試験所がある阿峴《アヒョン》の官舎（公務員用の住宅《じゅうたく》）に越した。親元を離《はな》れて遠い朝鮮で暮《く》らすみつえのことを考えると、せめて住居くらいはと、日本式の家にしたのだった。

「どうだろう。気に入ってもらえるとありがたいのだが……」

みつえが棚《たな》に並《なら》んだ白磁《はくじ》の壺《つぼ》をひとつ取り上げた。手のひらにのる小さな壺で、昔は調味料入れに使われていたらしい。

「この壺みたいに、愛らしくてやさしい住まいだと感じました。日本と違《ちが》う暮《く》らしが楽しめそうです」

みつえの実家は地主で、嫁《とつ》ぐまで大きな屋敷《やしき》に住んでいた。巧《たくみ》が用意した家は、みつえの実家とは比べものにならないほどこぢんまりした家だった。小さな家を「やさしい」と形容したところが、いかにもみつえらしかった。

みつえが壺を棚にもどして、再び部屋の中を見まわした。

建物は日本式だが、中は巧の好みで集めた朝鮮《ちょうせん》の家財道具で調《ととの》えられている。木目の美しい飾《かざ》り棚の前でみつえの足が止まった。

「朝鮮の家具にはぬくもりがありますね。この家には、やさしくて穏《おだ》やかな空気が似合いそうです」

巧はそのとおりだと思った。みつえ自身がそういう人だった。

家の中をひととおり見てまわったみつえは、最後に入った部屋で防寒着を脱《ぬ》ぎ、畳《たたみ》の上に正《せい》座《ざ》すると、深く頭を下げた。

「ふつつか者ですが、どうぞよろしくおねがいいたします」

巧《たくみ》もあわてて正座《せいざ》すると、みつえと同じように両手をついて頭を下げた。

「どうぞよろしくおねがいいたします」

新居に落ちつく間もなく、ふたりは翌日《よくじつ》から来客攻《ぜ》めにあった。職場の同僚《どうりょう》や知人たちが祝いを持ってきてくれるのはありがたいが、酒盛《さかも》りは深夜までつづき、みつえはおおわらわだった。

母のけいや兄嫁《あによめ》のたか代《よ》が料理を届《とど》けてくれたり、接客を手伝ってくれたりする。彼女《かのじょ》たちと忙《いそが》しく立ち働いているうちに、みつえはすんなりと婚家《こんけ》に溶《と》けこみ、気づけば巧とも長年連れそった夫婦《ふうふ》のようになっている。来客のおかげだった。

来客の最後の日、客が帰ったあと、酔《よ》った巧は片《かた》づけをしているみつえが見えるところに座りこんだ。

賛美歌を口ずさんでいるが、ところどころ音がはずれていて、みつえは笑うのをけんめいにこらえた。巧がオンチなのは、昔から知っている。

歌が終わると、ぐらぐら揺《ゆ》れるからだが気になるのか、腰《こし》を下ろしたまま柱の近くに移動してもたれた。

「朝鮮《ちょうせん》の木工品はすばらしい。とにかく、ぬくもりがあるんだ。朝鮮の製品はね、初め、日本みたいに完璧《かんぺき》な商品になっていないんだよ。つまり、使っているうちにだんだんできあがっていくんだ。ねえ、いいと思うだろう?」

同じことを何度も聞かされているみつえが「そうですね」とこたえれば、巧《たくみ》は安心して次の話題へ移る。

「朝鮮《ちょうせん》の白磁《はくじ》はすごい。朝鮮の人たちは、どうして関心を持たないのかなあ。白磁だけじゃないんだ。木工の家具のよさにも、ほとんど無頓着《むとんちゃく》なんだよなぁ。ま、道具は生活に溶《と》けこんでいるからねぇ。気づかないのは当然かもしれないけど。それでも、自分たちが築いてきた文化なのに……残念だよ。実に残念だ」

みつえは手を動かしながら、やはり「そうですね」とこたえる。

このあたりで、巧がしきりにあくびをするのもいつものことだった。ろれつがあやしくなりだしたころに口にするのは、林業のことだった。

「なんでも植林をすればいいってもんじゃない。山を緑にさえすればいいのか? そうじゃないんだ。人の暮《く》らしにいちばんいい方法を考えないと。木を選んで、山が生きるようにしないと。林道だって……」

ぐずんと床《ゆか》にくずれた巧を、後片づけの終わったみつえが部屋へ連れていって、一日が終わった。

同僚《どうりょう》や仕事関係の人との祝宴《しゅくえん》が一段落《いちだんらく》すると、ふたりはようやく平穏《へいおん》な日常の暮《く》らしをはじめることができた。

巧《たくみ》は職場からいそいそと自宅《じたく》に向かう自分に、ときおり苦笑《くしょう》している。今までの自分なら、帰り道は周りの風景を楽しんだりたまには道具屋をのぞいたりするのに、どこにも寄り道をしないでみつえの元に急いでいる。結婚《けっこん》がこんなにいいものだとは想像もしなかった。自分の帰りを待っていてくれる人がいるというだけでも、胸《むね》がおどった。

三月も末になると、空気が急にぬるんで春の気配がただよいはじめる。冬がきびしいからか、朝鮮《ちょうせん》の春は開放的で格別に美しいと感じた。

ある日の夕方、巧が家に帰ると、玄関《げんかん》先にみつえと見知らぬ女の子がいる。木綿《もめん》のチマチョゴリを着た女の子の年齢《ねんれい》は十歳《さい》ぐらいだろうか。目鼻立ちのはっきりした愛らしい子だった。おとなしいみつえでも、外で朝鮮の子どもと仲よくなれたのだろうか。いやそんなはずはない。みつえはまだ朝鮮の言葉がわからないのだから。

巧に気づいたみつえが、「おかえりなさい」といったあと、「この女の子、誰《だれ》だと思います?」と、巧にたずねる。

教会の日曜学校で見かけたこともないし、巧が出入りしている店の子どもでもなさそうだった。

上を向いたり下を向いたりして一生懸命《いっしょうけんめい》に思い出そうとしている巧《たくみ》にすまないと思ったのか、チマチョゴリの女の子が名乗り出た。

「ソンジンの妹です。ヘジョです」

なんと、ヘジョの口から出たのは日本語だった。たどたどしい話しぶりだが、相手に伝わる正確な日本語だった。ヘジョの日本語におどろく前に、巧は確認《かくにん》しておきたいことがあった。

「いつ京城《けいじょう》にもどったの？　これからはずっとこっちにいられるの？」

ヘジョは、昨年の冬、兄の家に身を寄せたものの、世話になった親戚《しんせき》のおばさんが病気になったので帰ってこいとの知らせを受けて、郷里《きょうり》にとんぼ返りしてしまった。おばさんの世話をしたのか家事の手伝いをさせられたのかわからないが、年端《としは》もいかない女の子が、一家の働き手にされている現実に、巧は少なからず衝撃《しょうげき》を受けたのを覚えている。

「もう大丈夫《だいじょうぶ》、なりました。これからずっと、兄さんといっしょ」

さすがにソンジンの妹だと、巧は感心している。受け答えがはっきりしていて、子どもとは思えないほどにしっかりしていた。

職場でのソンジンは相変わらず無口で、余計なことはいっさい話さなかった。妹のことも、巧の問いかけに「はい」とか「いいえ」としかこたえなかった。

ヘジョがにこっと笑った。

「浅川《あさかわ》先生、こんにちは」

巧《たくみ》は今度ばかりは目を真ん丸くして、大げさにおどろいて見せた。

「すごいねえ。日本語が話せるなんて」

「兄さん、教えてくれた」

「うそだろぅ？　ソンジンは大の日本人嫌《ぎら》いなのに」

ヘジョが曖昧《あいまい》に笑う。

「好きな日本人、増えた　言います」

「ええ？　そうなの？」

「はい。一番は浅川先生。二番は奥《おく》様。三番も四番も五番もあります。でも五番まで」

みつえがくふっと、笑い声を漏《も》らした。

「五番で終わりなの？　五人で終わってしまうの？」

みつえとソンジンはすでに仲よしになっていた。

みつえがこの家にきた日から、ソンジンは毎日仕事帰りに顔を出していた。いつ覚えたのか、みつえに話しかける日本語はびっくりするぐらいになめらかだった。

「手伝うことはありませんか？　買い物に行きましょうか」と、みつえにたずね、「いえ、なにも」と断ると、すぐに不機嫌《ふきげん》になった。

そばにいた巧《たくみ》が、

「ソンジンを怒《おこ》らせたら怖《こわ》いぞ。なんでもいいから、頼《たの》み事《ごと》をしてくれ」

というのを真に受けたみつえは、ソンジンに手伝ってもらうための仕事を本気で探《さが》したりした。実際、ソンジンはたのまれるとすぐに笑顔にもどって、掃除《そうじ》でもお使いでも鼻歌交じりでこなしていった。

巧が部屋で論文《ろんぶん》を書いていると、台所からみつえとソンジンの笑い声がよく聞こえた。

巧がソンジンを初対面で受け入れたように、ソンジンもみつえを一目見て気に入ったのだろう。早くに親を亡《な》くしたソンジンにとって、もしかすると、みつえに母親の面影《おもかげ》を重ねていたのかもしれない。

巧がヘジョの手を取った。

「もっと早くに会いたかったよ」

「わたしも会いたかったよ。浅川《あさかわ》先生」

ヘジョは巧たちが結婚《けっこん》したころ京城《けいじょう》にもどってきたらしい。ソンジンから毎日巧たちの話を聞いていたので、早く先生の家に連れていってくれとたのんだけれど、日本語が話せなければ、行っても役に立たないといわれて、毎晩《まいばん》ソンジンの特訓を受けたという。

巧がヘジョの手を引いて家の中へ入っていく。

「ソンジンがきたら、みんなでご飯を食べよう」

「はい、わたし、手伝います」

みつえと台所に行ったヘジョは、大人顔負けの仕事ぶりで、みつえと巧《たくみ》をますます感心させた。かまどの火おこしもじょうずだし、ご飯炊《た》きも文句なかった。

えらいえらいとヘジョをほめたみつえが、「ヘジョはもう中学生なの？　それとも、まだ小学生かしら」と聞いたとたん、ヘジョが恥《は》ずかしそうにうつむいた。

「あたし、十歳《さい》だけど、学校へ、行ったことない。貧乏《びんぼう》だった」

ソンジンに朝鮮語《ちょうせんご》の文字ハングルの読み書きは習ったというが、それ以外はなにも知らないとこたえるヘジョに、もう快活さはうかがえない。まるで悪いことでもしたように、身を小さくしてたたずんでいた。

みつえが困って、うろたえている。

「まあ、なんということでしょう……」

近くで話を聞いていた巧が、さらりと言う。

「ヘジョ、学校へ行こう。心配ない。なんとかなるよ」

このとき、巧はヘジョのために学費を援助《えんじょ》したいと考えていた。つい最近、朝鮮の子どもの学費を援助《えんじょ》している日本人がいると知ったばかりだった。

実際、巧《たくみ》はその後も、役所の安い給料の中から貧しい子どもたちのために学費を捻出《ねんしゅつ》して、何人かの子どもたちを支援《しえん》しつづけることになる。

それでなくても少ない給料なのに、学費の援助のほかにも、巧は焼き物を買ったり木工品を買ったりで、みつえに渡《わた》される金額はわずかだった。それなのに、みつえは気にする様子もなく、巧との生活を楽しんでいるようだった。

幼少時《ようしょうじ》から豊かな暮《く》らしをしてきたみつえにとって、自分のためになにかがほしいという欲求はあまりないらしい。巧のやさしさに包まれた日々の暮らしが愛《いと》おしく、神への感謝を忘《わす》れたことはなかった。

巧の心配をよそに、みつえは朝鮮《ちょうせん》での暮らしにすんなりと溶《と》けこんでいった。文化の違《ちが》いをおもしろがっても、朝鮮人に対して偏見《へんけん》を抱《いだ》くことはなく、むしろ、日本人から差別されていることに心を痛《いた》めていた。

暑い夏をやり過ごして涼風《すずかぜ》が立つころ、巧は家の中でそわそわと落ち着きなく動き回っていた。きょうは伯教《のりたか》が日本からの客を伴《ともな》って巧の家にくることになっていた。

客というのは柳宗悦《やなぎむねよし》のことだ。

柳宗悦《やなぎむねよし》は東京帝国《ていこく》大学（今の東京大学）を卒業した宗教《しゅうきょう》学者であり、思想家でもあった。

文学は言うに及《およ》ばず、絵画や陶芸《とうげい》、西洋音楽の世界にも造詣《ぞうけい》が深い。学習院《がくしゅういん》高等科を卒業するころには、文芸美術誌《し》『白樺《しらかば》』の創刊《そうかん》に参加している。宗悦《むねよし》が書く評論《ひょうろん》や学術書は、時代を代表するものとして多くの人々に多大な影響《えいきょう》を与《あた》えている。特に芸術家たちは、宗悦の宗教と芸術に立脚《りっきゃく》した論評《ろんぴょう》に注目していた。千葉県我孫子《あびこ》の住まいには、芸術に関わる人たちがよく訪《おとず》れていた。

彫刻家《ちょうこくか》になりたかった伯教《のりたか》は、あるときロダンの作品が宗悦の家にあると知り、それが見たくて、わざわざ昨年八月に宗悦を訪問している。

そのとき、伯教が手みやげに選んだのは高さが十三センチあまりの朝鮮白磁《ちょうせんはくじ》で、秋草模様《もよう》の染《そ》め付けがある八面取りの壺《つぼ》だった。焼き物にも興味のあった宗悦は、この壺を見てとても心を動かされたという。形の美しさに惹《ひ》かれるという宗悦の言葉に、伯教は自分と同じ感想を持つ宗悦に親しみを抱《いだ》いた。

宗悦はまだ学習院高等科に在学中、東京神田神保町《かんだじんぼうちょう》の骨董店《こっとうてん》で見かけた牡丹《ぼたん》模様の染め付けの壺が気に入り、大枚《たいまい》を奮発《ふんぱつ》して購入《こうにゅう》した経験がある。その壺が、伯教がみやげに持ってきてくれたのと同じ朝鮮王朝時代のものだった。

この出会いを機に、宗悦は、のめりこむように朝鮮白磁への関心を深めていった。

ふたりの会話は弾《はず》み、伯教は京城《けいじょう》に帰ってきてからも、ことあるごとに、宗悦に朝鮮白磁について手紙を書き送った。それは店先で見つけた逸品《いっぴん》のことだったり、古い窯場《かまば》の情報だったりした。

伯教は美術だけではなく、文学にも深い関心を持っていて、宗悦《むねよし》が関わっている『白樺《しらかば》』は、創刊《そうかん》時からの愛読者でもあった。

『白樺』は学習院の関係者など上流階級の青年たちによって創刊された作家たちの文芸美術同《どう》人誌《じんし》である。

宗悦は姉と妹が朝鮮《ちょうせん》在住の役人（日本人）に嫁《とつ》いでいることもあり、朝鮮とは浅からぬ縁《えん》があった。

巧《たくみ》は伯教から宗悦の話を聞く度《たび》に、一度会ってみたいと思っていた。日本人で、芸術に詳《くわ》しい学者が朝鮮の白磁《はくじ》に興味を持っているというだけで心強く、芸術を宗教の観点で論《ろん》じるという宗悦と、ぜひとも直接話してみたかった。

その機会はすぐにやってきた。昨年の一九一五年十二月二十四日、正月休みを利用して宗悦を訪《たず》ねる伯教に、巧が同行したのだ。

「柳《やなぎ》です」

巧に向かって、宗悦が軽く頭を下げた。

「巧です。お目にかかれて、光栄です」

宗悦《むねよし》に会えた喜びが、巧《たくみ》の全身からにじみでていた。

宗悦は巧が想像していたとおりの、上品な紳士《しんし》だった。とりすました華奢《きゃしゃ》な紳士というより、多くの事柄《ことがら》を包みこめる度量の大きさを備えた人のように感じる。横にいる長身の伯教《のりたか》に比べると、背丈《せたけ》はそれほどでもないのに、宗悦はとても大きく見えた。

「巧さん、お兄さんからあなたのことはよく聞いています。手紙にも、必ず巧さんのことが書いてあるしね。わたしもあなたに会えてうれしいですよ」

宗悦の笑顔《えがお》に巧が笑顔を返した瞬間《しゅんかん》、ふたりの間から初対面の緊張《きんちょう》がなくなった。たがいに旧知の友人みたいな親しさとなつかしさを感じていた。彼《かれ》らにとって、運命的な出会いであることを、本人たちはまだ気づいていなかった。

そして今年の九月、宗悦が初めて朝鮮《ちょうせん》半島にくることになり、巧の喜びようはすごかった。伯教はすでに八月中旬《ちゅうじゅん》に釜山《プサン》に出向いている。そこで宗悦を迎《むか》えたあと、ふたりで朝鮮の古刹《こさつ》などを訪《たず》ね、九月初めに京城《けいじょう》に入ると知らされていた。

いよいよ伯教が宗悦を案内してくる日になった。

落ち着きのない巧に、みつえがお茶を運んできた。

「もう、陽《ひ》が落ちそうですし、ぼつぼつお見えになるかもしれませんね」

みつえが入れてくれたお茶を飲んでいるとき、待ち人はやっと現れた。

宗悦《むねよし》が帽子《ぼうし》を取って、片手《かたて》を挙げた。

「やあ、巧《たくみ》さん」

巧が着ている白い朝鮮服《ちょうせんふく》を、宗悦がものめずらしそうに見つめる。

「よくお似合いです。日本人じゃないみたいだ」

「そうですか」

巧が目を細めている。宗悦にはなにを言われても心がおどるのだ。

宗悦は勧《すす》められるまま家に上がり、居間にゆるりと腰《こし》を下ろした。

七　感謝の祈《いの》り

床《ゆか》に座《すわ》ってくつろぎかけた宗悦が、顔を上げて部屋の中を見まわしている。飾《かざ》り棚《だな》に目をとめた宗悦が、

「おや、あれは？」

いうなり、すっと立ち上がって棚に手を伸《の》ばした。

宗悦《むねよし》が取り上げたのは、みつえがこの家にきて最初に手に取ったあの小さな白磁《はくじ》の壺《つぼ》だった。

「絵もなければ面取りもしていない。どこにでもありそうな壺なのに、どうしてこんなに惹《ひ》きつけられるんだろう。こんな美しさもあるのですねえ」

壺を上から下からさんざんながめたあと、最後に両手ですっぽりと包みこんだ。

「いい感じだなぁ。やさしい気持ちになってくるよ。朝鮮《ちょうせん》白磁がやっとわかった気分だなぁ」

巧《たくみ》はうれしくてたまらなかった。そうでしょうと相づちを打ちたいのを我慢《がまん》して、宗悦の様子を見守った。

壺《つぼ》を棚《たな》にもどした宗悦が、今度は棚に見入っている。

「木のぬくもりだけではない温かみがありますね。どこからくるのでしょう。それに、なんといっても美しい。巧《たくみ》さんはどうしてこの棚がほしいと思ったのですか？」

いきなり問われてすぐに返事ができない巧は、台所へ行って朝鮮の膳《ぜん》を持ってきた。

宗悦の目が膳に注がれた。

「これはいい。釜山《プサン》でも見ましたけど、朝鮮の膳は実にいい。日本の木製品はきっちりと仕上がっていてすきがありません。その点、こちらのものは棚でも膳でもゆるやかな感じというのかなあ、大雑把《おおざっぱ》な作りといえなくもないけど……それが欠点になっていない。窮屈《きゅうくつ》じゃなくて、人間味のある温かさを感じます」

巧《たくみ》の体は火がついたように熱かった。打てば響《ひび》く宗悦《むねよし》との会話に、顔まで上気させている。

「そうなんです。なにより、一般《いっぱん》の人が使うものですから、なんというか……自然で、すましたところがないのです」

膳を宗悦の手に渡《わた》した。

「漆《うるし》が、気持ち程度しかかけてないのです。使っているうちにつやがでてきて、そして、完成するんです。使い手の参加で完成していく調度品なんて、なんか、こう……すごくいいっていうか……」

「なるほど。そういうことですか。芸術だと祭り上げていないのですね。初めから見られることなんか意識していないのか。ただ使われることを前提に作られた品なのに、無駄《むだ》のない美しさがただよっている。いいなぁ。使う人の手によって、品物が完成していくなんて、感動的ですね」

巧の言いたいことが、そのまままっすぐに宗悦に伝わっていく。会うのはこれで二度目だというのに、巧の心情も感動も理解してさらに共感までしてくれる。こんなに力強いことがあるだろうか。

伯教《のりたか》とは常に交《か》わしている会話だったが、兄弟だからわかりあえるのであって、ほかの人は理解できないのではという不安があった。それが宗悦との意見交換《こうかん》で、巧の感じていることが必ずしも特殊《とくしゅ》なことではないと実感できる。

「巧《たくみ》さん、朝鮮《ちょうせん》のもの、もっと見せてください」

宗悦《むねよし》に言われるまま、巧は折に触《ふ》れて買い求めた焼き物や家具などを次々と宗悦の前に運び、動かせない家具は、その場所へ宗悦を案内した。

ふたりにはもうみつえが用意した夕食の膳《ぜん》は目に入っていなかった。

夢中で話しこむふたりに、伯教《のりたか》がのんびりと声をかけた。

「まず、夕飯にしたらどうですか」

宗悦が伯教ににまっと笑って見せた。

「伯教さん、ありがとう。あなたがた兄弟に出会えて、ほんとうに幸運ですよ。こんなにわくわくしたのはひさしぶりですから」

巧が伯教に代わってこたえた。

「それはこちらのせりふです。神さまが引き合わせてくださったと思っています」

初対面の人に神のことを口にするのはためらうことが多い。それなのに、口からすっと自然に出てくる。聞いている宗悦もごく当たり前のことのようにうなずきながら相づちを打つ。

宗悦は伯教と巧の顔を交互《こうご》に見たあと、ふーっとため息をついて天井《てんじょう》を仰《あお》いだ。

「人生って、神秘的《しんぴてき》です。どこでどんな出会いが待っているかわかりませんね」

伯教《のりたか》と巧《たくみ》は、同時にうなずいた。

伯教の意見に従《したが》って、三人はみつえが調《ととの》えてくれた膳《ぜん》を囲んだ。

宗悦《むねよし》と向き合って食事をしている巧の胸《むね》は、幸せではち切れそうだった。朝鮮《ちょうせん》の焼きものや工芸品について、今までなんとなく感じていた事柄《ことがら》に、ことごとく宗悦の賛同が得られたのだ。自分と違《ちが》って、学識豊かな宗悦に認《みと》められたことで、巧のうれしさは少しずつ自信へとつながっていった。

その日、宗悦は巧と別れがたくてとうとう巧の家に泊《と》まることになり、なんと、そのまま数日滞在《たいざい》したのである。

柳《やなぎ》宗悦は浅川《あさかわ》兄弟との関わりの中で、朝鮮《ちょうせん》の焼き物や家具への造詣《ぞうけい》を深めていった。北欧《ほくおう》の民具などにも特別の関心を抱《いだ》いていた宗悦は、朝鮮の文化にも刺激《しげき》されながら、やがて、「民藝《みんげい》」の運動へと発展させていく。民藝運動は、日常的な暮《く》らしの中で使われてきたごく普《ふ》通《つう》の雑器や道具に光を当てて、不必要な装飾《そうしょく》をそぎ落として使いやすさを追求した手仕事の日用品の美しさに気づかせるものだった。身近な素材を使って職人が作った日用品は、簡素《かんそ》で長く使われつづけるうちにいっそう美しさを発揮《はっき》するようになる。使われるからこその美しさに「用の美」を見出し、活用することを目的にした運動だった。

宗悦は半年間朝鮮に滞在したが、その間、ふたりは何度となく連れだっては町へくりだした。

巧《たくみ》の好きな散歩道へも、見晴らしのよい高台へも、気に入っている料理屋へも宗悦《むねよし》を連れていった。巧が行きつけの道具屋へ案内したときだった。

宗悦は手に取るものを「いいですねえ」とながめながら、次々と買いこんでいった。朝鮮《ちょうせん》白磁《はくじ》の壺《つぼ》、碗《わん》、花入れ、皿などが、店主の前にずらりと並《なら》び、木製の箪笥《たんす》や膳《ぜん》といっしょに送ってほしいと、千葉県の自宅住所を書き置いた。

「さすがに、巧さんお勧《すす》めの店です。いいものばかりだ」

巧は、値段《ねだん》を気にかけずにほしいだけ買える宗悦は、やはり自分とは別世界の人だと感じる。宗悦は教壇《きょうだん》に立ったりたくさんの著作物《ちょさくぶつ》を刊行したりして収入を得ていたが、特別な資産家というわけでもなかった。背後《はいご》で、声楽家でもある宗悦の妻柳兼子《やなぎかねこ》が、演奏会《えんそうかい》の収益で支えていると知るのは、ずっとあとのことだった。宗悦は朝鮮《ちょうせん》のほかでも手仕事による工芸品などをたくさん収集して、それらはのちに日本民藝館《みんげいかん》（一九三六年設立）で展示《てんじ》されることになる。

ふたりの感性や価値観《かちかん》はおもしろいほど似ていた。巧がいいと感じるものは宗悦もいいと感じ、巧が語る人生観に宗悦も同調した。

クリスチャンではない宗悦に、イエス・キリストを語っても違和感《いわかん》がない。宗悦はキリスト教のよき理解者でもあった。

ある日のこと、家の近くにある朝鮮料理《ちょうせんりょうり》の店で食事をしているとき、宗悦《むねよし》が白磁《はくじ》のご飯茶《ぢゃ》碗《わん》を両手に包んだ。

「大きさとふくらみかげんがいい。美しいとも思う。分厚さも飾《かざ》りのなさも日常雑器として申し分がないと思う。けど、朝鮮の人たちはなんとも思っていないんだね。彼《かれ》らはつまらないものだと思っているんだ。まったく、きみの言うとおりだよ」

巧が日ごろ残念がっていることに、宗悦も気づいたようだ。

「彼らは宮中で使っていたような高価なものにしか価値《かち》を認《みと》めないいんだね」

「そうなんです。すべすべしていて光沢《こうたく》のある焼き物が上等だと思っているみたいです。それに、木工の膳《ぜん》も棚《たな》も箪笥《たんす》も、ひとくくりにして『昔のがらくた』だというのです」

ふたりはひとしきり現状をなげきあった。

食事のあとに出てきたお茶をのみながら、宗悦が外に目をやった。

「朝鮮の人々は、古くから使われてきた日常の雑器に特別の関心を持っていない。身近なものだからかもしれませんが、便利さは認めても美しさに気づいている様子がない。わたしたち日本人が、日本伝来の民衆《みんしゅう》が作ったものなどに興味を示さないのと同じかもしれません。ここも欧米化《おうべいか》が進んで生活様式も変わっていくことでしょう。このままでは、いずれみんな消えて、庶民《しょみん》がどのように暮《く》らしてきたのかを伝える、日用品がなくなってしまう」

「それはいけません」

自分が発した言葉に、巧《たくみ》ははっとした。

今までは個人の好みで焼き物や木工品を買い集めていた。ただ好きなものを手元に置いておきたいというだけの理由だった。

「朝鮮《ちょうせん》の日常雑器には、ここにしかない固有の美しさがあると理解してもらいたいものです。なくなる前に、なんとかしなければなりませんね」

言いながら、これからは意図的に収集していくことになるだろうと予感した。財力が乏《とぼ》しいので思うようにはできないが、それでもこれぞと思う品に出会ったときには、手に入れる方法を考えたい。

帰りがけに出口の近くで小さな女の子を連れた母親とすれちがった。女の子が提《さ》げている小さなかごがふたりの目を惹《ひ》いた。

竹製のかごだが細工が細かくて、多くの人の手に触《ふ》れたのか、飴《あめ》色に変色しているのもよかった。

巧と宗悦《むねよし》は同時に振《ふ》り返って、向こうへ行く女の子の手元を見つめた。

「その手提《てさ》げ、きれいですね」

と朝鮮語で呼《よ》びかける巧に、母親がにこやかにこたえる。

「これは朝鮮《ちょうせん》に古くから伝わる竹細工です。亡《な》くなったおじいさんが作りました」

木綿《もめん》の衣装《いしょう》をまとった母と娘《むすめ》に、しっくりと似合う美しさだった。

宗悦《むねよし》が女の子に近づいて言った。

「ちょっと見せてもらってもいいですか?」

巧《たくみ》が朝鮮語に通訳《つうやく》すると、母親が「どうぞ」とこたえてかごを宗悦に渡《わた》した。

「見事です」

極細《ごくぼそ》の竹で編まれたかごはよく見ると、底から上に向かって草花の模様《もよう》が編みこまれ、上の方には数羽《すうわ》の鳥が飛んでいた。

巧も息をのんで見入ってしまった。

母親が心なし胸《むね》を反らせた。

「おじいさんは竹細工の名人でした。髪飾《かみかざ》りも作ったし、簞笥《たんす》のように大きなものも作りました。みんななくなってしまって、このかごだけが残っています。おじいさんは名人だったのです。昔の朝鮮にはこういう竹細工がいっぱいありました」

誇《ほこ》らしげな母親の表情が、巧を刺激《しげき》した。

(そういうことだったのだ)と、巧は心の中でつぶやいた。

焼き物でも木工品でも、なんでもいい。昔からある日用品が価値のあるものだとわかったら、使ってきた民族は誇《ほこ》らしく思うのではないだろうか。日本に併合《へいごう》されて、日本人が権力《けんりょく》を握《にぎ》る暮《く》らしは、朝鮮《ちょうせん》の人から民族の誇りをも奪《うば》っているように感じていた。

朝鮮の人々が、あまりにも日常的すぎてその価値に気づいていない工芸品を集めて、新たにすばらしいものだとして人々に提示したらどうだろう、と巧《たくみ》は考えた。

巧は懐《ふところ》に手を入れて飴《あめ》を取り出すと、少女の手に握らせた。

「ありがとうございます」

きちんと礼を言う少女に、巧は頭を下げた。

「わたしも、ありがとう。すてきなものを見せてもらいました」

母親に飴《あめ》を見せて笑う少女に、宗悦《むねよし》も「ありがとう」と声をかけた。

巧は常に飴や菓子《かし》を持ち歩いていて、機会があれば子どもたちに渡《わた》していた。子ども好きの巧にとって、子どもの笑顔《えがお》はなにより大きな慰《なぐさ》めになった。

柳《やなぎ》宗悦が日本に帰ってからというもの、巧は日記のように朝鮮の情報を書きつづっては送った。

ふたりの親交は深まり、いつしか、たがいの存在《そんざい》がかけがえのないものとなっていった。

林業試験所での養苗《ようびょう》は徐々《じょじょ》にいい結果をもたらすようになったものの、まだ確固たる成果を出せずにいる。

林業試験所に就職《しゅうしょく》したばかりのときは、禿山《はげやま》を緑にすることが先決だと考えたし、実際、日本政府から土木工業に役立つ樹木の栽培《さいばい》が強く要請《ようせい》されてもいた。しかし、ほどなく、秋田で林業に携《たずさ》わっていたときの経験をもとに多くのことを学ぶうちに、巧《たくみ》の考えは少しずつ変わっていった。

いくら役に立つからといって、同じ種類の樹木《じゅもく》ばかりの単純林は、とても弱いことを思い出した。樹木にはそれぞれに特徴《とくちょう》があって調和が保たれてこそ強くて美しい山になる。落葉樹は栄養を地に落とし、常緑樹は寒さから守ってくれる。根を張って地表を守る木もあれば、深く地中に伸《の》びて土砂崩《どしゃくず》れを防いでくれる木もある。

年が変わって一九一七年の三月、巧たち夫婦《ふうふ》は女の子を授《さず》かった。園絵《そのえ》と名付けられた。

巧は暇《ひま》さえあれば赤子をだきあげ、飽《あ》きることなく見つづけている。すいつくような柔《やわ》らかい肌《はだ》に包まれた小さな命が愛《いと》おしくてたまらない。泣いていても眠《ねむ》っていても、確かに呼吸《こきゅう》していることにいつも安堵《あんど》する。何事があっても、この命を守り育みたいとねがう。自分の力ではとうてい生きていけない赤子の尊《とうと》い命が、今自分の手にゆだねられていると思うだけで心がふるえてくるのだった。

穏《おだ》やかな春の陽気《ようき》が数日つづき、桜のつぼみが急にふくらみだした。

日曜日の朝、ぼつぼつ教会へ行く用意をしようとしているところにヘジョがきた。彼女《かのじょ》は巧《たくみ》の支援《しえん》を受けて、この春から私学《しがく》の女学校へ行くことになっている。

「キムチを持ってきました。水キムチです」

水キムチはみつえの好物だ。辛《から》いものが苦手なみつえは、巧が大好きなキムチが食べられなかった。

あるとき、そんなみつえのためにヘジョが作ってきてくれたのがこの水キムチだった。大根、キュウリ、白菜、リンゴ、ナシなどをおいしいスープにつけこんだ水キムチは、薄味《うすあじ》でさっぱりとしていてみつえを喜ばせた。

「こんなキムチがあるのですね。中の具が美味《おい》しいし、スープの酸味もちょうどいいわ。なんておいしいんでしょう」

食欲のない妊娠中《にんしんちゅう》のみつえにとって、おいしい食べ物との出会いはことのほかうれしかった。

それ以来、ヘジョはときおり水キムチを作って届《とど》けてくれた。

みつえが園絵《そのえ》をだいて玄関《げんかん》に出てきた。

「ヘジョ、ありがとう。どうぞ上に上がってちょうだい」

「教会へ行くでしょ？　じゃましません。じゃますると、兄さん、とても怒《おこ》ります。わたし、もう帰ります」

みつえがくすっと笑って、「まだ時間がありますよ。お茶ぐらいのんでいってちょうだい」と、ヘジョを引き止めた。

ヘジョはみつえから園絵《そのえ》をだきとり、巧《たくみ》がいる部屋へ挨拶《あいさつ》に行った。

「浅川《あさかわ》先生、こんにちは」

「おぅ、ヘジョ。勉強をがんばっているらしいねえ」

「はい。わたし、日本語も少し、書けます」

「ソンジンが教えてくれたのかい？」

「違《ちが》います。兄さん、教えません」

ソンジンは今も日本人をよく思っていない。自分たちの国に突然《とつぜん》押《お》しかけてきて、わがもの顔でいばりちらす日本人はどうしても許せない、というのがソンジンの考えだ。日本人は理不《りふ》尽《じん》な方法で朝鮮《ちょうせん》をのっとり、自分たちのやり方を朝鮮人に押しつけているとも思っている。

巧たちはソンジンにとって、例外的ともいえる特殊《とくしゅ》な日本人だった。

ソンジンが妹のヘジョに、日本人のことをどう話しているか、およその見当はついていた。

ヘジョがうつむいて、巧を上目遣《うわめづか》いで見た。

「わたし、学校行ける。日本人が学校、たくさん造ったから、行ける。浅川《あさかわ》先生、助けてくれるから、学校行ける。日本人、悪くないよ」

「ありがとう、ヘジョ」

黒目がちの大きな目をきらきらさせて話すヘジョが、巧《たくみ》にはまぶしかった。ヘジョに同調して、そうだよ日本人は悪くないよと胸《むね》を張れないのがせつない。

「先生、学校行ったら、ぜんぶ日本語。わたし、日本語少し知っている。よかったよ」

「そうだね」

日本が朝鮮《ちょうせん》を併合《へいごう》した翌年《よくねん》の一九一一年（明治四十四年）に朝鮮教育令が発令されて、学校での教授言語が日本語に決まった。朝鮮語はひとつの科目にすぎず、生徒たちは日本語で書かれた教科書を前にして、日本語の授業を受けることになった。

巧にはソンジンのくやしさが痛《いた》いほど理解できる。朝鮮人が朝鮮で暮《く》らすのに、なぜよその国の言葉を使わなければならないのだろう。朝鮮の子どもたちはなぜ日本語で授業を受けなければならないのだろう。

このころの巧はときおり考えこんでしまう。日本が朝鮮の国や人々のことをどのように扱《あつか》っていたのかがわかるようになると、悩《なや》みは多くなる一方だった。

ついこの間まで、山の樹木《じゅもく》を再生させるという政策《せいさく》は、朝鮮にとってねがってもないよいことだと信じこんでいた。就職《しゅうしょく》して内部の人間になってみると、総督府《そうとくふ》の意向は朝鮮の将来《しょうらい》に焦点《しょうてん》を合わせたものではなく、日本政府にとって役に立つ木だけを今すぐにほしいという利己的なものだった。

その点、チョウセンカラマツとチョウセンマツは、工事に使える上、朝鮮《ちょうせん》の山にも必要な木であり、人工的に苗《なえ》を育てて植林できたら、山の緑は一気に深くなっていける。

何度も失敗を重ねながら、巧《たくみ》たちは今までのやり方と違《ちが》う方法で苗床《なえどこ》を作り、山で採集したチョウセンカラマツとチョウセンマツの種を育てはじめていた。

「先生、浅川《あさかわ》先生、芽が出ましたよ」

と、ソンジンが事務室まで知らせにきてくれた朝のことは忘《わす》れられない。

苗床の隅々《すみずみ》にまで、まいた種が発芽していた。発芽率《りつ》は過去最高だった。

「今回は期待できそうだねえ」

という巧に、ソンジンが何度もうなずく。

「先生、環境《かんきょう》を自然に近づけたのは正解でした」

「今度こそ、うまく育ってほしいけど」

巧は祈《いの》るような思いで若芽《わかめ》の成長をねがった。

山の樹木《じゅもく》は山の中で自然に発芽してすくすくと育つ。この当たり前のことにヒントを得た巧は、種を採集した土地に近い土壌《どじょう》を苗床にし、温度や湿度《しつど》も似た環境に調《ととの》えてみたのだ。

巧《たくみ》はまた出張で長く林業試験所を空けることになった。チョウセンカラマツとチョウセンマツの苗床《なえどこ》が気になって、後《うし》ろ髪《がみ》を引かれる思いだった。

樹木や土の調査で朝鮮《ちょうせん》じゅうの山を歩いている巧だったが、いったん山の中に入ってしまえば、目の前の仕事に追われて、あっという間に一日が終わっていく。調査した事柄《ことがら》を記録していくうちに、あちこちで見かけた巨木《きょぼく》のことが忘《わす》れられず、べつのノートに巨木についての所見を記録しはじめた。

長い年月、風雨にさらされてきた大きな木を見ると、巧は木肌《きはだ》に触れずにいられなかった。あるときは木にだきつき、あるときは片手《かたて》を木に触れたまま木のてっぺんを仰《あお》ぎ見た。

巨木を前にすると、自然の偉大《いだい》さにひれ伏《ふ》したくなる。

巨木は悠然《ゆうぜん》と大地に在って、人の生死も戦《いくさ》も超越《ちょうえつ》していると感じる。すっくと立ち上がった姿《すがた》も、ゆったりと枝を広げている様子も、とにかく美しかった。人にいじられずに長い年月自然に生きてきた木とは、こんなにも神々《こうごう》しいものかと感動する。

巧の見た巨木たちは、二年後、上司と資料を整理し、『朝鮮巨樹老樹名木誌《ちょうせんきょじゅろうじゅめいぼくし》』として朝鮮総督府《そうとくふ》の名前で出版（ほとんどが巧の仕事だったといわれている）される。

長期の出張からもどってくる巧を、ソンジンが林業試験所の外で待っていた。

「先生。チョウセンカラマツとチョウセンマツの苗《なえ》が育っています。一本も枯《か》れずに、元気に大きくなっています」

巧《たくみ》はそのまま苗床《なえどこ》のある場所へかけていった。

苗木はおどろくほど大きくなっていた。もう移植しても大丈夫だと思われる。

「成功だ。やっと成功した。ばんざーい」

両手を挙《あ》げて叫《さけ》ぶ巧の周りに、どこからともなく使用人たちが集まってくる。

「浅川《あさかわ》先生、おめでとうございます」

「先生、やりました」

口々によかったよかったと言い合いながら、たがいに肩《かた》をだきよせたりもしている。

発芽させる土壌《どじょう》をできるだけ樹木《じゅもく》の育った環境《かんきょう》に近づけたこの実験は、成功を収めた。

巧は論文にまとめ、やがて雑誌などに掲載《けいさい》されることになる。

八　嵐《あらし》

一九一九年（大正八年）の元旦《がんたん》を迎《むか》えた。今年、巧は二十八歳《さい》に、園絵《そのえ》は二歳になる。

昨年の正月には、ソンジンとヘジョの兄妹《きょうだい》が年始の挨拶《あいさつ》にきた。それが、今年は三日になっても顔を出さなかった。

みつえが園絵《そのえ》におやつをやりながら、巧《たくみ》にたずねる。

「ソンジンたちはどこかへ行ったのかしら？　ヘジョの冬休みは日本よりもずっと長いですから、ふたりして、親戚《しんせき》のところにでも行ったのかしら？」

「どうだろう」

巧は、ソンジンが昨年の十一月から仕事にきていないことを、まだみつえに話してなかった。

みつえが巧をちらちら見ながら、言葉をつづけた。

「ヘジョは年末にもきませんでしたね。風邪《かぜ》を引いていなければいいですけど」

「そうだねえ」

ヘジョはソンジンに「日本人の家へ行くな」と止められたのだろうと思いつつも、巧は口にできなかった。みつえが心配するかもしれないということより、そのこと自体、言葉にしたくなかった。

「ヘジョの学費はどうなっているのですか？　ちゃんと、約束したとおりですよね」

みつえにしたら、かつてないほどしつこく聞いてくる。

「それは心配ない。ちょっと骨董屋《こっとうや》でものぞいてくるかな」

立ち上がりかけた巧《たくみ》の腕《うで》を、みつえがつかんだ。

「なにか、あるのでしょう? あんなに足しげく家にきていたソンジンが、秋からきていませんか。なにがあったのですか? 仕事場で失敗でもしたのですか?」

「いや、そうじゃない」

それきり口をつぐんだ巧に、みつえが詰《つ》めよる。

「秘密は好きではありません。わたしだけが知らないのは、さびしいですよ」

巧は再び床《ゆか》に腰《こし》を下ろすと、みつえと向き合った。

「ソンジンが日本人嫌《ぎら》いなのは知っていた?」

「はい、あなたから何度も聞きましたから。でも、わたしにはとても親切でしたよ。まさか、ふたりでけんかでもなさったの?」

「そんなことはないよ」

そんなに単純《たんじゅん》なことではないんだと、言いたいのを我慢《がまん》した。

みつえの行動範囲《はんい》はきわめて狭《せま》い。伯教《のりたか》の家族と隣《となり》近所の日本人たちが主な交流相手で、親しい朝鮮人《ちょうせんじん》の数は知れていた。だからこそ、日本に反目する朝鮮人たちのことはあまり知られたくなかった。いたずらに心配させたくなかったからだ。

みつえが巧の目を見つめていた。

「あなたが知っていることを、わたしにも教えてください」

「実は、ソンジンは仕事をやめたんだよ。みつえが心配したらいけないからだまっていたけど、去年の十一月にやめたんだ」

「どうして？　あんなに熱心だったのに。あなたの仕事を支えていてくれたんでしょ？」

「そうなんだけど……ソンジンにもいろいろ都合があるようだよ」

みつえはまだ納得《なっとく》していない。巧《たくみ》を見つめる視線《しせん》はそのままだった。

「なにを聞いても、おどろきませんから」

たわいのないことでも、いったん秘密になると、抱《かか》える心は重くなる。まして、妻に秘密を持つのは、後ろめたさも手伝ってかなり負担《ふたん》になるものだ。

巧は注意深く言葉を選びながら、説明しはじめた。

「ソンジンは日本に腹《はら》を立てているんだ。ここは朝鮮《ちょうせん》なのに、学校では日本語しか使えないし、役所でも会社でも、大事なところはみんな日本人が占《し》めている。なにもかも日本人の言うままにしないとすぐに罰《ばっ》せられるというんだ。もっともだと思うところが多いけどね。それで、もう総督府《そうとくふ》の仕事はしたくないと言って、やめたんだ」

あくまでも、ソンジンの個人的都合だと説明した。巧が最も気がかりなのは、ソンジンが日本に反感を持っている人たちのグループと関わっているということだ。集団になると、どんな動きになるか予想がつかない。

みつえがうなずいて小さく微笑《ほほえ》んだ。

「わかりました。ソンジンとヘジョには、朝鮮《ちょうせん》と日本が仲よしのときに会いたかったですね」

巧《たくみ》もそのとおりだと思う。

それ以後、みつえはヘジョとソンジンの名前を口にすることはなかった。

陽光《ようこう》が日ごとに明るくなって、春の到来《とうらい》も間近かと感じられるようになった。それでもまだ外気は冷たくて、コートは手放せなかった。

三月一日、土曜日の昼前だった。

巧は書き上げた論文を抱《かか》えて職場を出た。朝鮮山林会誌に載《の》せる論文を、午前中に京城《けいじょう》の事務局に届《とど》けることになっている。電車を下りて京城の駅から町の中心部に向かう巧の周りに、人々がひとりまたひとりと近寄っては同じ方向に歩いていく。パゴダ公園間近にきたとき、四方八方から人々が公園に集まってくるのが見えた。

(なんだろう。なにかあるのかな)

そう思ってすぐにひとりで小さくうなずいた。

三月三日に高宗《こうそう》の葬儀《そうぎ》があることは誰《だれ》でも知っている。そのための準備で人が集まっているのだろうと思った。

高宗《こうそう》（一八五二年生まれ）は朝鮮《ちょうせん》王朝最後の国王で、朝鮮併合後《へいごうご》は大日本帝国《ていこく》の王族（称《しょう》号《ごう》）として徳寿宮《とくじゅきゅう》李太王《りたいおう》と称《しょう》された。

朝鮮国民にとって国王は絶対的な存在《そんざい》だった。また、高宗は、日本の侵略《しんりゃく》で国を失った悲《ひ》劇《げき》の国王でもあった。

（それにしても、人が多いなあ）

学生たちの姿が目立つのも気になった。

高宗は知識人や教養人の間では、必ずしも評価されているわけではなかった。優柔不断《ゆうじゅうふだん》ともみえる曖昧《あいまい》な行動が国を乱《みだ》れさせ、ひいては日本に併合されることになってしまったからだ。

（葬儀《そうぎ》の準備を一般《いっぱん》の人がするだろうか。まぁ、国が違《ちが》えばやり方も違うだろうから……）

巧《たくみ》はひとりで疑問《ぎもん》を抱《いだ》いたり勝手に解釈《かいしゃく》したりしながら、人々の群れから遠ざかっていった。

事務局のそばにある道具屋をちょっとのぞいて白磁《はくじ》の水注《すいちゅう》（硯《すずり》に使う水を入れる容器）を求めたのち、事務局に入った。

いつもなら静かな事務局が、人々の出入りがはげしい上になにやら殺気立っている。

（どうしたんだろう）

部屋の戸を開けるのと同時に、

「怖《こわ》くなかったですか？」

と中の事務員が聞く。

「けがはしていませんよね？」

たずねられても、巧《たくみ》にはなんのことやらさっぱりわからない。

「どうかしましたか？」

聞きなおす巧に、事務員が目をむいてみせる。

「パゴダ公園の近くを通ってきたんですよね？」

「ええ、そうですよ。人が多くておどろきましたよ。高宗《こうそう》の葬儀《そうぎ》のためでしょ？」

事務員はまじまじと巧の顔を見たあと、「信じられません」と、つぶやいた。

「大騒《おおさわ》ぎだというのに……葬儀の準備なんかじゃありませんよ。今にも暴動になりそうなのにまったく……」

巧は、部屋から出ていきそうになった日本人の事務員の腕《うで》を捕《つか》まえた。

「すいません。教えてください」

「わたしだって、詳《くわ》しくは知りませんよ。ただ、人が集まっているのは独立運動のためだそうです」

「独立運動？　朝鮮《ちょうせん》が日本から独立するということですか？」

「それ以外の独立がありますか?」

不機嫌《ふきげん》な事務員は巧《たくみ》を一瞥《いちべつ》したのち、部屋から出ていった。

真っ先にソンジンが浮《う》かんだ。彼《かれ》ならきっとこの運動に参加してるだろう。

巧は書き上げた論文《ろんぶん》を机《つくえ》の上に置くと、急いで今きた道を引き返した。

事務局を出てまもなく、パゴダ公園の方向から行進してくる人の波に出会った。道幅《みちはば》いっぱいに広がったデモ行進は、最後尾《さいこうび》が見えないほどに長くつづいている。

「独立万歳《ばんさい》!」と叫《さけ》ぶ声は、近くにいる者の耳をつんざくような勢いだった。

以前からくすぶっていた日本への反感が、高宗《こうそう》の葬儀《そうぎ》を契機《けいき》にして吹《ふ》き出したようだった。

彼《かれ》の死は六十七歳《さい》と、当時としては高齢《こうれい》だったが、突然《とつぜん》だったために人々はおどろき、日本政府が毒殺したという風説までがちまたでささやかれもした。

高宗が悲劇の国王として人々から悼《いた》まれるうちに、それが民族の悲劇と重なっていった。やがて、民族独立の機運が高まり、指導者の下に民衆《みんしゅう》がこぞって参加していったのである。

高宗が死去《しきょ》したのは一月二十一日で、葬儀《そうぎ》が三月三日と決まったころから、葬儀の日に向けて独立運動が計画されていった。中心になったのは、天道教《てんどうきょう》(朝鮮《ちょうせん》王朝末期の儒教《じゅきょう》を基盤《きばん》にした宗教《しゅうきょう》)、キリスト教、仏教などの宗教の指導者たち三十三人だった。

パゴダ公園で読み上げられた独立宣言は、朝鮮は独立した国家であることと、朝鮮人民が自由であることに重きを置いたものだった。日本に対する独立宣言《せんげん》でありながら、日本と真の友好関係樹立《じゅりつ》を呼《よ》びかけてもいる。理想主義に貫《つらぬ》かれた宣言文であったといえる。

巧《たくみ》は「独立万歳《ばんざい》」と声を上げながら行進する人々の中に、ソンジンがいないかどうか、目をこらして探《さが》した。

いくら静かに行進するだけだとしても、独立を叫んでいるのだ。総督府《そうとくふ》が放っておくはずがない。警察《けいさつ》が来る前に、なんとしてでもソンジンを見つけ出したかった。

行進の行列が少しずつ乱《みだ》れてきた。

街頭に日本人を見ると、「自分の国へ帰れ」と怒鳴《どな》る者や日本人を指さして「どろぼうめ」とののしる声が上がりだした。

ソンジンのことがなければ、巧はすぐにでもここから逃《に》げ出したかった。彼《かれ》らの言い分は正しいと思えたし、日本人の自分がこの国にいることに、申しわけなさを感じている。でも、今はまだ日本へ帰るわけにはいかなかった。チョウセンカラマツとチョウセンマツの養苗《ようびょう》の実験は成果を表して、禿山《はげやま》を緑にする願いが実現できそうなのだ。自分がこの国のためにできることはこれしかないのだから、もう少しの間、ここにいさせてくださいと、人々に頭を下げたかった。

朝鮮《ちょうせん》にまだとどまりたい理由はほかにもある。あちこちで集めた工芸品、特に朝鮮の膳《ぜん》についてはきちんと整理しておきたかった。いつか、朝鮮《ちょうせん》の人々がこのすばらしさに気づいたとき、膳《ぜん》の形状や素材、作られた場所などがわかればきっといい資料になるだろう。こんなに美しいものを作り出した民族に、誇《ほこ》りを取りもどしてくれたらどんなにいいかと思う。

同じことが朝鮮白磁《はくじ》にもいえる。芸術的価値《かち》は一部の人にしか認《みと》められていないが、いつか先祖が残した偉大《いだい》な業績だと気づいたときのためにも、できるだけ整理しておきたかった。

巧《たくみ》は心の中で詫《わ》びながら、群衆の中にソンジンを探《さが》しつづけた。

「ソンジン、ソンジンを知りませんか？」

背広姿《せびろすがた》の巧は、じょうずな朝鮮語を話しても日本人だとすぐにわかる。

「日本人なんか、日本へ帰ってしまえ」

行進中の人々が巧に向かって罵声《ばせい》をあびせる。

途方《とほう》に暮《く》れる巧の腕《うで》を、誰《だれ》かがぐいっと引っぱった。先ほど白磁の水注《すいちゅう》を買った道具屋の主人だった。

「浅川《あさかわ》先生、巧さん、危険《きけん》です。ここにいたらだめですよ」

「知り合いがいそうなんです。探さないと」

「行列の後ろには、もう警官《けいかん》や兵隊がきています。大変なことになる前に、家に帰ってください。今なら、駅へ行く道も安全です。急がないと、めちゃくちゃになりますよ」

店の主人に説得されて、巧《たくみ》はすごすごと駅へ通じる裏道《うらみち》を歩きだした。

三月一日のデモに参加した人数は数万人に及《およ》び、それ以降《いこう》、運動は朝鮮《ちょうせん》全土に広がりほうぼうで集会やデモ行進が行われた。

三月から五月の間に、デモの回数は一、五四二回。延《の》べ参加人数は二百五万人にもなった。独立宣言は運動の非暴力理念をうたっていたが、日本の軍隊や警察《けいさつ》による武力弾圧《だんあつ》のはげしさにともなって、しだいに暴動化《ぼうどうか》していった。

総督府《そうとくふ》は警察や軍隊を投入して治安維持《ちあんいじ》に当たった。宗教指導者《しゅうきょう》二十九人が捕《と》らえられた。集会があれば即刻《そっこく》散会させられ、デモは徹底的《てっていてき》に武力で鎮圧《ちんあつ》された。

三・一運動と呼《よ》ばれるこの独立運動は、襲撃《しゅうげき》などによる日本側の被害《ひがい》が警官などの死者八名に対して、朝鮮側《ちょうせんがわ》の死者は七千人あまりだったと記録されている。

朝鮮人七千人の死者は、日本の軍隊や警察の鎮圧によるものだった。また、朝鮮人の逮捕者《たいほしゃ》は四万六千人にもなった。

ソンジンの消息は四月に入ってもつかめないままだった。事務室に残されたソンジンの住所をたよりに、何度も足を運んだが、ソンジンもヘジョもいなかった。近所の人の話だと、長いことふたりは帰ってきていないということだった。

職場にいても、独立運動の話でもちきりだった。どこかの学校が焼かれたとか、デモ行進をしているところに日本の軍隊がかけつけて何人かをなぶり殺したとか、いやな話ばかりだった。

巧《たくみ》は時間を見つけては京城《けいじょう》の警察《けいさつ》を訪《たず》ねて、ソンジンが捕《つか》まっていないか探《さが》しつづけた。あのソンジンのことだ。おとなしく運動を傍観《ぼうかん》しているとは考えられない。ヘジョも気になった。彼女《かのじょ》が通う学校へ行ってみたが、もうひと月ほど休んでいるという。

四月も終わりに近づいた日の夜、巧は開け放った窓《まど》から月を見上げていた。ぷっくりとふくれた春の月は、輪郭《りんかく》がぼんやりしていておぼろだ。

こんなときは、伯教《のりたか》とマッコリ（朝鮮《ちょうせん》の大衆《たいしゅう》向け醸造酒《じょうぞうしゅ》。日本のどぶろくに似ている）を飲みながら胸《むね》の内を語り合いたかった。

伯教は、この年の四月に教師の仕事をやめて五月に単身で上京して、彫刻《ちょうこく》の制作に打ちこむことになっている。朝鮮に渡《わた》ってからも、夏と冬の休みには東京にいる師匠《ししょう》（新海竹太郎《しんかいたけたろう》）の元へいって彫刻の勉強をつづけていたが、ついに本格的に取り組むことになった。

主がいなくなった伯教の家は、妻のたか代《よ》が学校で英語の教師をしながら支えていた。たか代が勤める淑明《スンミョン》女学校では、全生徒が独立運動に参加し、逮捕者《たいほしゃ》も出ていた。たか代は逮捕された生徒を見舞《みま》っていた。

もともと伯教は芸術家か学者になるために生まれてきたようなところがあって、白磁《はくじ》に魅《み》せられてからはすぐに窯跡《かまあと》の調査をはじめている。絵が得意で、集めた焼き物をスケッチして記録したり、ときには朝鮮の風景や窯場《かまば》を描《えが》いたりもしていた。資料として残されたものもあるが、壺《つぼ》の絵や風景画などは絵画展によく出品していた。

いつになく伯教《のりたか》が恋《こい》しかった。誰《だれ》にも言えない総督府《そうとくふ》への不満や日本政府への批判《ひはん》をぞんぶんに語り合いたい。同じクリスチャンとして、この事態をどのように理解するか、兄の意見を聞いてみたかった。

ほんとうは教会の中でこの運動について話し合えたらいいのに、それができないのだ。隣人《りんじん》愛《あい》や兄弟愛を説くキリスト教の教会なのに、現状は、日本人の教会と朝鮮人《ちょうせんじん》の教会を区別している。いったん、教会のあり方に疑問《ぎもん》を抱《いだ》いてしまうと、人々と積極的に関わろうとしないこともあって、本音でぞんぶんに語り合える人に、巧《たくみ》はまだ出会っていなかった。

「あなた」

みつえが辺りの様子をうかがいながら、ひそっと巧を呼《よ》ぶ。園絵《そのえ》はとっくに寝入《ねい》っているが、起こしてはいけないと思ったのだろうか。

「どうした？」

みつえは巧の耳元に自分の口を近づけて、ささやいた。

「お客様です」

みつえの口調につられて、巧も声を落とした。

「こんな夜更《よふ》けに、誰《だれ》？」

「台所へ行ってください」

足音をしのばせながら台所へ行ってみると、薄暗《うすぐら》い台所のすみにチマチョゴリの女性がいた。からだを小さく丸めて、うつむいている。

明かりをつけようと手を伸《の》ばす巧《たくみ》に、みつえが寄りそって「やめましょう」と言う。近所には日本人たちが住んでいた。日本人たちは独立運動に神経質になっているから、みつえも注意を払《はら》ったのだろう。

「わかった」

巧は女性の前にしゃがんで、「どうかしましたか」と聞《き》きながら顔を見た。ヘジョだった。

はやる気持ちを抑《おさ》えて、ゆっくりと穏《おだ》やかに語りかけた。

「心配したよ。元気にしていた？」

下を向いたまま、ヘジョがこくっとうなずく。巧とわかっているのに、ヘジョは挨拶《あいさつ》をしないばかりか、顔も上げない。注意してヘジョを見ると、チマにもチョゴリにも土が付いている。まるで、畑で寝転《ねころ》がったみたいにだ。

「ヘジョ。顔を見せて」

「はい。すみません。先生、ごめんなさい。心配かけて、ごめんなさい」

ゆっくりと顔を上げて巧《たくみ》を見つめるヘジョの目に、涙《なみだ》があふれている。しかし、巧の目は涙に向けられず、傷跡《きずあと》に釘《くぎ》づけだった。

「どうしたの、その顔は？」

ヘジョの額からは血が流れているし、ほおやあごにも擦《す》り傷《きず》があって、なんとも痛々《いたいた》しい。ヘジョの両手を取ってみれば、あちこちに傷があって、血がにじんでいるところもあった。

「なにがあったの、ヘジョ」

ヘジョがなにか言いかけたところに、救急箱を抱《かか》えたみつえがやってきた。

「話はあとにしましょう。ヘジョ、こちらにいらっしゃい」

傷口の汚《よご》れを洗《あら》い流してから、薬をつけたり絆創膏《ばんそうこう》をはったりと、みつえは手際《てぎわ》よく処置《しょち》していった。

手当が終わると、みつえはヘジョの服についた汚《よご》れをぬぐい、ふたりにお茶を出してから奥《おく》の部屋へ消えた。

巧はヘジョの目を見つめた。

「よく訪《たず》ねてきてくれたね」

「先生、ごめんなさい。だまって遠くへ行って、ごめんなさい」

半年ぶりに見るヘジョは、ずいぶんと背《せ》が伸《の》びていて、表情もかなり大人びている。もう少女の面影《おもかげ》はなかった。

「先生、兄さんを助けてください。先生しかいません。どうか、兄さんを……」

「ヘジョ、落ち着くんだ。あわてたところで、明日にならなければなにもできないよ。ゆっくりでいいから、話してごらん」

やはり、ソンジンは三月一日のデモに加わっていた。日本人の下で働く朝鮮人《ちょうせんじん》の青年たちの指導者になっていたそうだ。一日に逮捕《たいほ》をまぬがれたソンジンは朝鮮半島の北へ移り、若者《わかもの》を集めては「いまこそ独立の時だ」と説いて回ったらしい。すでに各種宗教《しゅうきょう》の指導者たちは拘束《こうそく》されていて、運動の中身も自然とはげしいものへと変わっていった。

ヘジョは常にソンジンのかたわらにいて、決して離《はな》れなかったという。

「兄さんは、怒《おこ》るとなにをするかわからないところがあって、心配だった」

と、ヘジョが遠くを見る目つきでつぶやいた。

仕事をやめたソンジンが、京城《けいじょう》をくまなく歩いて若者に日本のひどさを訴《うった》えはじめたときから、ヘジョは常にソンジンとともに動いた。

「兄さんだけしかいない。わたしの家族は兄さんだけだから」

そっと涙《なみだ》をぬぐうヘジョの大人びた表情に、巧《たくみ》は、彼女《かのじょ》が過ごした過酷《かこく》な時間を想像した。

ソンジンは半島の北からやがて南に移動して、日本に反旗を翻《ひるがえ》すように民衆《みんしゅう》を説得しつづけた。血の気の多い若者《わかもの》が、勢いあまって日本の警察署《けいさつしょ》を襲撃《しゅうげき》するのを、だまって見ていたこともあったらしい。

ヘジョが言うのに、ソンジン自身も運動しながら少しずつ変わっていったそうだ。今までは日本が嫌《きら》いでも、日本人が嫌いでも、日本人に危害《きがい》を加えることは間違《まちが》っていると主張していたのに、いつしか、ある程度の暴力行為《こうい》はしかたがないと言いだした。

そして、一か月ぶりに今日京城《けいじょう》にもどったソンジンは、仲間を集めて小学校に放火したのだ。朝鮮《ちょうせん》なのにどうして日本語で授業をするんだと叫《さけ》びながら、火のついた枯《か》れ枝《えだ》を校舎に放りこんだ。

遠巻《ま》きにながめていたヘジョは、はらはらしながらも、どうにもできなかった。ソンジンはヘジョの言葉に耳をかさないばかりか、口出しをするならどこかへ行けというのが口癖《くちぐせ》だった。ヘジョは、兄の近くにいることがなにより大事だと、自分を納得《なっとく》させるより方法がなかった。

陰《かげ》で見張っていた警官が飛び出してきたのは、校舎が燃え上がるすんぜんの時だった。ソンジンの背後で警官が棍棒《こんぼう》を振《ふ》り上げた。それを見たヘジョは、おどり出るとソンジンの背中《せなか》にだきついた。あわてた警官は、飛びこんできたヘジョをソンジンから離《はな》そうとするがうまくいかない。ヘジョは警官に力任せに引っ張られ、気がついたら地面に転がっていた。何度かたたかれたが、痛《いた》さよりもソンジンを逃《に》がさなくてはと、そればかりが気になる。

立ち上がって再びソンジンをかばうヘジョを、今度はソンジンが突《つ》き放した。

「行け。ここにいてはだめだ。行くんだヘジョ」

兄が必死で警官《けいかん》から妹を守ろうとしていた。警官の前に立ちふさがるソンジンに、警官が棍《こん》棒《ぼう》を振《ふ》り上げた。

「行け。ヘジョ。先生のところへ……」

ぐずんとその場にくずれたソンジンは、それきり動かなかった。

警官がヘジョを見ている。

「おまえも仲間か?」

「いえ、違《ちが》います」

日本語でこたえるヘジョに、警官が片手《かたて》を振った。

「早く、どこかへ行くんだ。つかまるぞ」

ヘジョは兄を残して警官に頭を下げたあと、兄に言われたように巧《たくみ》を訪《たず》ねたのだった。

ヘジョの話を聞いていた巧は、頭を抱《かか》えこんだ。

「ヘジョ、大変だったね」

ヘジョを逃がしてくれた警官に感謝したかった。

翌日《よくじつ》から、巧《たくみ》は日本人の知り合いを訪《たず》ねてはソンジンの釈放《しゃくほう》を求めたが、指導者級の立場だったこともあって、容易にはいかなかった。結局、ソンジンは半年拘束《こうそく》されてやっと解放された。

九　実現

独立運動の騒《さわ》ぎは急速に収束していった。総督府《そうとくふ》の弾圧《だんあつ》が徹底《てってい》していたからである。しかし、独立運動は、言論《げんろん》や出版の自由をある程度認《みと》めるなど、総督府のそれまでの武断的な統治に変化をもたらした。

日本にいる柳宗悦《やなぎむねよし》との文通はひんぱんにつづいていて、巧《たくみ》は宗悦が朝鮮人《ちょうせんじん》たちに心を痛《いた》めていると知り、自分もなぐさめられた。

宗悦はその年の五月、「朝鮮人を想《おも》う」と題して新聞に記事を書いている。『我々《われわれ》の国が正しい人道を踏《ふ》んでいない』と日本政府のやり方を糾弾《きゅうだん》し「独立が彼《かれ》らの理想となるのは必然の結果であろう」と、朝鮮人を擁護《ようご》した。

日曜日の早朝、巧《たくみ》は新聞の記事を読みながら目頭《めがしら》が熱くなった。やはり宗悦《むねよし》はそういう人だったと再確認《さいかくにん》できたように思う。

庭で洗濯物《せんたくもの》を干《ほ》しているみつえのそばで、二歳《さい》になった園絵《そのえ》が砂《すな》遊びをしている。巧はみつえが干しおわるのを待って声をかけた。

「柳《やなぎ》さんが書いておられる。読んでごらん」

みつえに新聞を手渡《てわた》すと、巧は庭に出て園絵《そのえ》をだきあげた。

「高い高いをするぞー」

園絵をだいた手を高く上に伸《の》ばすと、園絵は「きゃっきゃ」とはしゃいで喜んだ。

園絵は順調に成長していて、体重もかなりある。高い高いも繰《く》り返していると、腕《うで》だけでなく腰《こし》まで痛《いた》くなる。ちょっと休むと、園絵が「もっともっと」とせがむものだからつい無理をしてしまうのが常だった。

園絵の興味を砂場に移せたころ、みつえが新聞を読みおえた。

「りっぱな方ですね」

感慨《かんがい》深そうな声が、巧を喜ばせた。

「そうだろう？　柳さんだからできることなんだ。無名の人が同じことを書いても、こうはいかない。柳さんが有名な人でよかった」

「そうですね。みなさん、関心を持って読まれるでしょうから」

「そうさ、日本のインテリたちには、刺激的《しげきてき》な記事だっただろうよ。朝鮮《ちょうせん》にあまり関心を持っていない人たちにも、きっと大きな影響《えいきょう》を与《あた》えるだろうなあ。よく決心なさったよ。たいていの人は政府を非難《ひなん》しないからね。大きな権力《けんりょく》に盾《たて》つくなんて、誰《だれ》にもできることじゃない。すごいなあ」

「うれしそうですね」

みつえがいたずらっぽい目をして巧《たくみ》を見た。

「そりゃあそうさ。誇《ほこ》らしいよ」

宗悦《むねよし》を誇らしく思うことにいつわりはないけれど、心のどこかでうらやましくもあった。巧が声を大にして宗悦と同じことを叫《さけ》んでも、変人扱《あつか》いされる程度だろう。もしも、まともに聞く人がいたら、総督府《そうとくふ》に密告《みっこく》されて職場から追放されるかもしれない。

ここまで考えを進めてきて、はたと行きづまった。職を失ったら、みつえと園絵《そのえ》はどうなるだろう。自分だけならどうにでもなる。しかし、妻と子を路頭に迷わせることはできない。

(しょせん、おれはその程度の人間なんだ)

宗悦の文章に感じ入って気をよくしていたのに、巧はいっぺんにふさぎこんでしまった。

「どうかしましたか?」

みつえが巧《たくみ》を見つめていた。

「柳《やなぎ》さんに比べて、おれはつまらん人間だなあって思ってさ」

「あなたがつまらない人？　それは困ります」

いつになく、みつえがきっぱりと言いきった。

「困ってもしょうがないよ。おれはつまらん人間だよ」

「じゃ、わたしはどうなるのですか？」

「みつえはつまらなくないさ。いい人間だよ」

「そういうことではありません」

今日のみつえは別人みたいだ。こんなにはっきりと自分の意見を言うのもめずらしかった。

「なんだか、怖《こわ》いねえ……」

「そうです。怖がってください。少し腹《はら》を立てています」

結婚《けっこん》してから、みつえとけんからしいけんかをしたことがない。巧は短気だから時に怒《おこ》ったりもするが、みつえはいっさい取りあわないでにこやかに笑って聞きながした。けんかにならなかったのは、ひとえにみつえの人柄《ひとがら》によった。そのみつえが腹を立てているというのだから、おどろいてしまう。

きょとんとしている巧をみつえがにらみつけた。

「あなたを誇《ほこ》りに思っています。つまらない人間を誇りに思う人は、もっとつまらない人間になってしまうでしょ？　わたしをおとしめないでください」

言うなり、みつえは園絵《そのえ》をだきあげて台所のほうへ行ってしまった。

巧《たくみ》はしばらくの間ぼうぜんとしていたが、やがて、宗悦《むねよし》と自分とを比べた傲慢《ごうまん》さに気づいてがくぜんとした。

「あーあ」

声を出しながら振《ふ》りあおいだ空は、真っ青《さお》だった。日本で見たことのない青さだ。薄《うす》い水色ではなくて混じりけのない青。その青は深くて限りなく透明《とうめい》に近い。

「あさき　こころ　もて　ことを　はからず
みむねの　まにまに　ひたすら　はげめ
かぜに　折られしと　見えし若木《わかぎ》の
おもわぬ木陰《こかげ》に　ひともや　宿さん」

巧はひさしぶりに賛美歌を歌った。少々音がはずれようが、知ったことではない。大空に向かって歌うのは格別だった。からだの隅々《すみずみ》から、他人をうらやむようなよこしまな心が、天に放出されていくようだ。立ちのぼってくるよこしまな心を受け止めてきれいさっぱり清めることなど、神さまには朝飯前だろう。

気分が晴れやかになっていくうちに、みつえの言葉が耳元でこだまする。

「あなたを誇《ほこ》りに思っています」

みつえは、身近にいて自分を清めてくれる人として、神さまが与《あた》えてくださったのだろう。そうとしか考えられなかった。

柳宗悦《やなぎむねよし》が新聞に書いた記事は、大きな反響《はんきょう》を呼《よ》んだ。賛同者が声を上げる一方で、政府から危険《きけん》思想の持ち主として注視《ちゅうし》されるようになって不自由だったが、宗悦の態度に変化はなかった。

独立運動の翌年《よくねん》、一九二〇年の初めに宗悦から便りがあって、五月に訪朝《ほうちょう》するとある。今回は朝鮮《ちょうせん》で、声楽家の妻柳兼子《やなぎかねこ》のコンサートを開くことと宗悦の講演会が目的だという。収益はすべて朝鮮の人々に寄付すると聞いている。

柳兼子は日本を代表するアルト歌手だった。

柳夫妻の来朝日程が決まるや、巧《たくみ》は動きだした。仕事の合間をぬって会場を探《さが》しながら、後援《こうえん》してくれそうな団体を見つけると交渉《こうしょう》に出かけた。有力な日本人はもちろんのこと朝鮮人たちにも宣伝《せんでん》をして回った。

幸いなことに、宗悦の妹夫妻が多大な協力者になってくれた。総督府《そうとくふ》の高官でもある宗悦の義弟《ぎてい》は、財界や政界に知人が多い。

巧《たくみ》が動きだしてからは、宗悦《むねよし》とのやりとりよりも、彼《かれ》の妻である兼子《かねこ》との文通が多くなった。兼子からの提案は具体的で現実味があって対応しやすく、ふたりのやりとりが重なる中で、コンサートと講演会の準備は着々と進んでいった。

柳《やなぎ》夫妻の来朝に先立って、宗悦は友人たちに音楽会の『趣意書《しゅいしょ》』を送っている。朝鮮《ちょうせん》とは歴史的に見ても友好的関係であるべきなのに不本意ながら不幸な状況《じょうきょう》になっていると書きはじめ、政治の力にたよっていられないとしている。

朝鮮人の芸術的感性がすぐれていると認《したた》め、信頼《しんらい》と情愛のしるしに音楽会を開くが、すべては朝鮮の人々に捧《ささ》げるつもりだ。日朝人協力の文芸や学芸の雑誌《ざっし》を作りたいが、これはふたつの心がたがいの平和に進む意味深い最初の一歩であると、心情を吐露《とろ》している。

五月二日に釜山《プサン》の土を踏《ふ》んだ柳夫妻は、友人の陶芸家《とうげいか》、バーナード・リーチを伴《ともな》っていた。

バーナード・リーチはイギリス人の両親のもとに、イギリスの植民地だった香港《ホンコン》で生まれたが、出産時の母の死で、日本にいた母方の祖父に引き取られ、十歳《さい》まで関西に住んだ。その後ロンドンの美術学校で学び、留学中だった詩人で彫刻家《ちょうこくか》でもある高村光太郎《たかむらこうたろう》と知り合った。彼《かれ》と親しくするうちに日本への郷愁《きょうしゅう》が湧《わ》き、再び日本に住むことになる。我孫子《あびこ》で版画の指導をしながら、柳宗悦や白樺派《しらかばは》の人々と交わるようになり、やがて陶芸家《とうげいか》として活躍《かつやく》するようになる。

翌《よく》三日の朝、三人は京城《けいじょう》に到着《とうちゃく》した。

宗悦《むねよし》の志は朝鮮人《ちょうせんじん》たちにも通じていて、駅の構内には出迎《でむか》えの朝鮮人たちの姿《すがた》があった。

宗悦が人混みの中に巧《たくみ》を見つけた。

片手《かたて》を大きく挙げて、「巧さん」と叫《さけ》ぶ。

宗悦の横で、兼子《かねこ》夫人が微笑《ほほえ》んで会釈《えしゃく》する。

夫人は巧が今までに会ったことのない雰囲気《ふんいき》の人だった。透《す》きとおるように美しいのに、華奢《きゃしゃ》な感じはなくて、どちらかといえば、芯《しん》の通ったたくましさをそなえている。それなのに、この世離《よばな》れした美しさは高貴《こうき》で実にすがすがしかった。

夫人が巧に「お世話をおかけします」とささやく。小さい声でも、声楽家の発声は確かだ。きちんと巧に届《とど》いた。

兼子夫人の笑顔に、巧も微笑み返した。手紙のやりとりがひんぱんだったせいか、気高い夫人に、昔からの知り合いのような親しさを感じている自分におどろいてもいた。

すぐにもふたりにかけよって話したい気持ちをおさえて、巧は出迎《でむか》えにきてくれた朝鮮の人たちが柳《やなぎ》夫妻と交《か》わす挨拶《あいさつ》のじゃまにならないように、脇《わき》に身を置いた。

柳夫妻が、朝鮮の人たちにどれほど敬意《けいい》を払《はら》われているか、巧の目に明らかだった。彼《かれ》らはそれぞれの仕事で有名だというだけでなく、人として、敬《うやま》い愛されている。このような人たちと親しく関わっている自分はいったい何者なんだろうと思ってしまう。朝鮮《ちょうせん》にきて、知らない間に、自分の立っている場所が少しずつ変わってきているのを感じた。

またその日の夜には朝鮮の文学団体による歓迎会《かんげいかい》が開かれるほど、宗悦《むねよし》は多くの朝鮮人たちに歓迎された。

朝鮮独立運動について書かれた宗悦《むねよし》の新聞記事は、朝鮮の文人たちの記憶《きおく》に新しい。宗悦の一貫《いっかん》した平等の精神や、朝鮮文化への造詣《ぞうけい》などは、彼《かれ》のさまざまな著作《ちょさく》で広く知れわたっていた。

歓迎会や主催者《しゅさいしゃ》との打ち合わせなどがすんで一息つけるようになると、宗悦は真っ先に巧《たくみ》の近くにきた。

「また会えたね。きみがいるから、朝鮮が好きになったのかもしれないなあ。すっかり世話をかけてしまった。ありがとう」

巧はうれしさを全身で表している。ほおは紅潮《こうちょう》して、口元から笑《え》みが絶えることがない。

「よくいらっしゃいました。お疲《つか》れではありませんか?」

「巧さんの顔を見たら、疲れなんかふっとんでしまったよ。準備で疲れたのはきみのほうじゃないの?」

「とんでもない。お役に立てたら光栄です」

巧《たくみ》の本音だった。宗悦《むねよし》と同じ方向を向いて努力をするのは、心強くて誇《ほこ》らしい。

ふたりが話しこんでいるところに、兼子《かねこ》夫人とバーナード・リーチがやってきた。

見慣れない西洋人の男は、抜《ぬ》けるような白い肌《はだ》に青い目をしている。それに背《せ》が高い。リーチがすっと右手を出した。

「巧さん、初めまして。バーナード・リーチです」

ぎこちない日本語だった。

巧は差し出された片手《かたて》を握《にぎ》り、

「巧です」

と、笑いかけた。宗悦の友人というだけで、すでに初対面の緊張《きんちょう》は消えている。

「巧さんのこと、なんでも知っています。彼《かれ》が尊敬《そんけい》する人。会えて、うれしいです」

宗悦がこの自分を尊敬だなんて、リーチはイギリス人だから、日本語をいい間違《まちが》えたのだろうと思っていると、兼子《かねこ》夫人が笑いだした。

「あら、ごめんなさい。だって、おかしいのよ。相思相愛で、おまけに尊敬しあう間柄《あいだがら》だなんて、めったにあるものじゃありませんからね」

ここでもう一度声を上げて笑った夫人が、真顔になって巧にお辞儀《じぎ》した。

「夫婦《ふうふ》でお世話になりまして、ありがとうございます」

巧《たくみ》は上品で大らかな夫人がいっぺんに好きになった。

相思相愛だの尊敬《そんけい》だのと言われて、巧は身の置きどころがないほどに恥《は》ずかしいのに、宗悦《むねよし》は何事もなかったかのごとく平然としている。

うつむきかげんになった巧に、宗悦が屈託《くったく》なく話しかける。

「近いうちに伺《うかが》いたい。いつがいいですか？」

「いつでも。お待ちしています」

宗悦が巧の家にきたい理由はわかっている。巧が新たに収集した焼き物や工芸品を見たいのだろう。そして、ふたりで心ゆくまで語り合いたいのだ。巧も宗悦と同じ気持ちだった。宗悦に出会ってから、巧は物品を選ぶ際にいつも彼《かれ》の感性を意識した。彼が「いい」というものを購入《こうにゅう》したかった。宗悦がどう反応するか想像できない品物を選ぶときには、彼が見たときの様子を想像して、それはそれで楽しかった。

兼子《かねこ》のコンサートも宗悦の講演会も、予想を超《こ》える入場者で、大成功を収めた。巧が奔走《ほんそう》した結果とも言えるが、朝鮮《ちょうせん》にいる宗悦の親戚《しんせき》や友人の集客力も大きかった。

兼子のコンサートに限らず、ことあるごとに巧の知人が増えていく。山林課の職員というだけなら、生涯《しょうがい》出会うこともなかったであろう人たちと、気づけば親しい間柄《あいだがら》になっていたりする。年齢《ねんれい》も職業も生き方も違《ちが》う人々との接触《せっしょく》は、巧を絶えず揺《ゆ》さぶっては刺激《しげき》しつづけた。

そして、彼らの思想や生き方はいつしか巧《たくみ》の心の奥深《おくふか》くに染《し》みわたり、巧の感性や思考を大きく押《お》し広げていった。

兼子《かねこ》の独唱は、巧だけではなく聴衆《ちょうしゅう》の心を揺《ゆ》さぶった。思いをこめた言葉のひとつひとつが美しい音楽にのって聞く者の心をとらえ、誠実《せいじつ》な表現は、音と言葉がきれいに溶《と》け合って聴衆《ちょうしゅう》を魅了《みりょう》していった。歌の世界がこんなにも力強くて感動的だとは。意外な発見だった。

兼子の歌う姿に、宗悦《むねよし》がうっとりと聴《き》き入っているのも美しい光景だった。

宗悦が巧の家を訪《たず》ねたのは、朝から降《ふ》りつづいた雨がきれいに上がったすがすがしい日の夕方だった。

巧はわくわくしながら宗悦を部屋に案内した。

入り口の真正面に置かれた壺《つぼ》に、宗悦の目がすいついている。

「これはすごい。こんなすばらしい白磁《はくじ》があったのですね。なんと見事な……」

宗悦はゆっくりと歩を進めて机《つくえ》の前に正座《せいざ》した。

「すごいものを見つけましたね」

宗悦の心臓《しんぞう》の鼓動《こどう》が聞こえてきそうだった。

机の上には三十五センチほどの大きな壺が置かれている。どこにも傷はなく、汚《よご》れてもいない。これも朝鮮白磁《ちょうせんはくじ》だが、今までのものに比べて数段《すうだん》大きい上に、呉須《ごす》（磁器の染《そ》め付《つ》けに用いる藍色《あいいろ》の顔料）で描《えが》かれた蓮《はす》の花がまたすばらしかった。青花辰砂蓮花紋壺《せいかしんしゃれんかもんつぼ》と呼《よ》ばれる壺である。

「巧《たくみ》さん、どこで見つけました？」

京城《けいじょう》の道具屋や焼き物屋は、宗悦《むねよし》も前回見てまわっている。そのときには、ほとんどが小《こ》振《ぶ》りのもので、こんなに大きい焼き物は皆無《かいむ》だった。

巧は満足げにうなずいて、宗悦の前に出た。

「わたしではありません。これは兄の伯教《のりたか》が、田舎《いなか》にある両班《ヤンバン》（朝鮮《ちょうせん》王朝時代の特権的《とっけんてき》な身分を持った支配層《しはいそう》）の屋敷《やしき》で見つけたらしいです」

「ほう、田舎でねぇ」

「古道具屋に二束三文《にそくさんもん》で売られていく現場に居あわせて、ゆずってもらったそうです」

「伯教さんの目は確かですから……それにしても、すごい」

伯教の鑑識眼《かんしきがん》には宗悦も一目《いちもく》置いていた。

巧はこの壺《つぼ》をぜひとも宗悦に見てもらいたくて、伯教の家から借りてきたのだった。

ひとしきり蓮花紋の壺をながめていた宗悦は、大きなため息と共に立ち上がり、巧の収集品の前に移動した。

白磁《はくじ》の作品をひとつずつ手に取ってはうなずき、木工製品に触《ふ》れては「いいなぁ」とつぶやく。

夕食のあと、朝鮮の卓《たく》を間に向き合ったふたりは、どちらからともなく、焼き物や工芸品の将来《しょうらい》について話しだした。

「ねえ、巧《たくみ》さん。放っておいたら、壊《こわ》されたりどこかに紛《まぎ》れこんでしまうよ。どうしたらいいかねぇ」

「できるだけ集めて、一か所に保管するというのはどうでしょう」

「そうですね。それがいいと思います」

ふたりの会話は、みつえと園絵《そのえ》が寝《ね》しずまってもまだつづいた。

保管場所についても、広さ、管理者、安全性、かかる費用などを考えると、話は複雑になる一方だった。

話が行きづまったとき、宗悦《むねよし》は先ほどの蓮花紋《れんかもん》の壺《つぼ》を持ち上げて静かに座《すわ》り、自分の膝《ひざ》の上にだきかかえた。

「きみの居場所を思案しているんだよ。おろそかに扱《あつか》わないから安心していていいよ」

壺に語りかけたあと、宗悦が巧ににっと笑ってみせた。

「京城《けいじょう》に美術館を造ろう。それしかないよ」

「まあ、そうですけど……」

話がいきなり大きくなって、巧《たくみ》はどう返事をしたらいいのかわからない。

宗悦《むねよし》のスケールの大きさに、巧はただただおどろいていた。

宗悦が日本に帰ると、ふたりは手紙で意見を交換《こうかん》し合った。美術館をどこに造ろうかとか、かかる費用はどのようにして準備しようかとか、美術館の設立は少しずつ具体化していった。

その年の十月、伯教《のりたか》の彫刻《ちょうこく》『木履の人《ぼくりのひと》』が、第二回帝国美術院展覧会《ていこくびじゅついんてんらんかい》に入選したとの知らせが届《とど》いた。木履（木靴《きぐつ》）をはいた朝鮮人《ちょうせんじん》の男性が、背中《せなか》をまるめて膝《ひざ》を抱《かか》えこむ姿《すがた》に、日本人に虐《しいた》げられた朝鮮人の嘆《なげ》きを感じる人が多かった。

さっそく、伯教の家に浅川《あさかわ》兄弟の家族が集まった。家に帰っていた伯教を中心に、祝いの膳《ぜん》を囲んでいるところに、宗悦からの手紙が舞《ま》いこんだ。ぜひとも朝鮮の工芸品を展示する美術館を造ろうと、熱い思いが綴《つづ》られている。伯教と巧はたがいにうなずき合って、美術館設立のために、自分たちにできることを話し合ったりした。

宗悦の考えることはとてつもなくて、現実味がないようにも思えたが、彼《かれ》は実践力《じっせんりょく》のある人でもあった。

翌年《よくねん》、一九二一年になると、宗悦が創刊《そうかん》から関わっている文芸誌『白樺《しらかば》』の一月号に「『朝鮮民族美術館』の設立に就《つ》いて」という記事を掲載《けいさい》した。

朝鮮の人々に朝鮮の美を伝えたいとし、民族芸術の消えない持続と新たな復活との動因になることを希《こいねが》うと結ばれている。最後に寄付金の送り先として、千葉県我孫子《あびこ》の柳宗悦《やなぎむねよし》の自宅《じたく》とともに、京城府《けいじょうふ》の巧《たくみ》の住所が記されていた。

『白樺《しらかば》』は、伯教《のりたか》の知識や教養を育んだ大事な雑誌《ざっし》だった。その『白樺』に、巧は発刊にも関わった宗悦と名前を連ねている。客観的に見れば、山梨《やまなし》や秋田にいたころの自分には考えられないことだった。あのころは毎日の暮《く》らしにほとんど変化がなかった。同じ風景を見ながら見知った人たちの中で穏やかに生活していた。

それが今はどうだろう。宗悦と親しくなったころから、巧を取り巻く環境《かんきょう》は大きく変わっていった。関わる人たちは、市井《しせい》の人ばかりではない。世間で広く名を知られた人だったり、世の中を動かす力を持った人だったりした。

自分の生活環境を広くて豊かな舞台《ぶたい》に引き上げてくれた神に感謝しつつ、より大きな働きができるようになりたいとねがった。

巧はまた動きだした。

美術館設立が具体化するのを契機《けいき》に、本腰《ほんごし》を入れて、田舎《いなか》に眠《ねむ》っているかもしれない工芸品を集めたかった。

日曜日がくるのを待ちわびていた巧は、朝起きるなり、ソンジンの家を訪《たず》ねた。

独立運動のあと、ソンジンは市場で働いている。荷車を引いて料理屋や宿屋などの大口の客のところに配達するのが彼《かれ》の仕事だった。

ぬかるんだ路地のつき当たりに、ソンジンとヘジョの家がある。オンドルもなく、じめじめと湿気《しっけ》の多いところにある掘《ほ》っ立て小屋のような粗末《そまつ》な家だったが、ヘジョの掃除《そうじ》が行き届《とど》いていて、中はこざっぱりと整えられていた。

「おはよう。ソンジンはいるかい」

すぐにヘジョが戸口の前に出てきた。

「先生、どうぞ入ってください」

初めて訪《たず》ねてきたのは、あの独立運動のさなかだった。あのときはふたりともいなくて、どんなに心配したかしれない。あれから、巧《たくみ》は数回ここを訪《おとず》れている。最初はソンジンもヘジョも、気後《きおく》れしているようで、巧を中に入れずに外で話したものだった。しかし、今は、ふたりともこだわりなく中へ通す。巧が狭《せま》くて粗末《そまつ》な家を気にしないとわかったからだった。

ソンジンがていねいに頭を下げた。

「おはようございます。なにか急用ですか?」

「いや、そうじゃないけど、ふたりにたのみたいことがあるんだ」

「なんでもいいつけてください」

ソンジンの巧に対する態度は、一貫《いっかん》していた。日本を糾弾《きゅうだん》して学校に火を放ったあとも、巧《たくみ》にだけは信頼《しんらい》を寄せていた。

巧は、朝鮮《ちょうせん》に美術館を造る計画があることを説明し、物品を集める仕事をソンジンに手伝ってくれないかと聞いた。

ソンジンがちょっと首をかしげて、「先生の朝鮮語《ちょうせんご》は、どこでも通じますよ」という。確かに、巧が朝鮮服を着て朝鮮語で話していると、たいていの人は朝鮮人だと思いこむ。それぐらいに、巧の朝鮮語はなめらかになっていた。普通《ふつう》の人が普通に話すことなら、いくぶん早口でも十分に理解できた。

「言葉の問題というより……田舎《いなか》へ行ったら、日本人の自分は信用してもらえるかどうかわからないし、道案内も必要なんだよ」

自分の早とちりがおかしかったのか、ソンジンが恥《は》ずかしそうに笑っている。

「わかりました。日曜日には休めるようにします」

「無理を言って、悪いなぁ」

遠出をしたら日帰りはできない。日曜日しか都合がつかないのは巧も同じだが、必要に応じて休暇《きゅうか》を取るつもりだった。ソンジンにはその時無理を言おうと思っている。

「すまないけど、よろしくたのむよ」

ソンジンとの話が決まると、今度はヘジョだ。ヘジョは普通《ふつう》学校を卒業して、夜学の専門《せんもん》学校へ進んだ。学費はソンジンと巧《たくみ》で半分ずつ負担《ふたん》している。

ヘジョは縫《ぬ》い物を学んで、将来《しょうらい》は仕立屋をしたいと言っている。まだ学生ではあるが、時間は比較的《ひかくてき》自由になるはずだった。

「資料の整理をたのめないだろうか。いつでもいいから家にきて、やってほしい。報酬《ほうしゅう》は少ないけど、ちゃんと支払《しはら》うつもりだよ」

ヘジョが巧の前で片手《かたて》を振《ふ》る。

「報酬だなんて、とんでもない。お役に立てたらうれしいです。やっと恩返しができるから、とても、うれしいです。ほんとうです」

隣《となり》でソンジンがしきりにうなずく。

「学校に火をつけて捕《つか》まったあと、先生がくださった食べ物やお金でやってきました。仕事だって、先生が見つけてくださった。やっとお役に立てそうで、とてもうれしいです」

巧はソンジンに確認《かくにん》しておきたいことがあった。

「きみの嫌《きら》いな日本人が建てる美術館だよ。もしかしたら、日本人の関係者と会うことになるかもしれない。いや、わたし以外の日本人を案内するときがあるかもしれない。それでもいいかい?」

ソンジンはヘジョに紙と筆を持ってこさせて、『先進』と『海朝』と書いた。

「先進をソンジンと読み、海朝をヘジョと読みます。父がつけてくれた名前です。わたしには、いつも先に進んでほしいと言っていました。妹には、朝の海のように清らかで美しい人になれと。辛《つら》くても、間違《まちが》いを犯《おか》しても、朝になれば海は朝陽《あさひ》に輝《かがや》く。だから、ふたりとも過去にとらわれずに前へ進めと言われました。長いこと、忘《わす》れていましたけど」

ソンジンたちの身分についてなにも知らなかったが、父親が漢字を知る人だったとわかって、巧《たくみ》は納得《なっとく》した。やはり、ソンジン兄妹《きょうだい》はどこかで父の教養を受け継《つ》いでいる。

巧は自分の名前を浮《う》かべた。

「名前に願いをこめるのは、どこの親もいっしょだね」

巧という名前になにをねがったか聞いたことはないが、字が持つ意味ならわかる。匠《たくみ》をも意味するし、木工とも同義だ。職人のようによく考えて手際《てぎわ》よくやれと言われているような気がした。

「先生」

ソンジンが巧を正視《せいし》していた。

「今も、日本が朝鮮《ちょうせん》を支配するのは間違っていると思います。日本人も嫌《きら》いです。でも、浅川《あさかわ》先生を信じます。先生の言うことなら、なんでもできます。安心してください」

「ありがとう。ソンジン」

美術館設立に向けて、具体的に行動する段階《だんかい》に入ったと思うだけで、巧《たくみ》の胸《むね》はおどった。

十　悲しみ

朝鮮《ちょうせん》民族美術館設立の計画は、宗悦《むねよし》や巧たちの間で順調に進められていたが、総督府《そうとくふ》がかんたんに許可するはずはなかった。総督府は今まで、朝鮮の伝統的な風俗《ふうぞく》や習慣などの文化を否定《ひてい》して、朝鮮の人を日本人に同化させようとする政策《せいさく》を推《お》し進めてきた。日本語を公用語にしたり、戸籍《こせき》制度を日本式に変えたりした。

根底には、朝鮮は日本より劣《おと》っているという朝鮮蔑視《べっし》があり、これは当時の日本人が抱《いだ》く典型的な朝鮮観ともいえた。

一九二一年（大正十年）五月。新緑がいっせいに萌《も》えだした。庭の樹木《じゅもく》にみずみずしい若葉《わかば》が密生している。

さわやかな風を感じながら、巧は縁先《えんさき》で聖書《せいしょ》を読んでいた。ソンジンが訪《たず》ねてくるまでの時間、心を落ち着かせて神の言葉に耳をかたむけたかった。

みつえがそうっとお茶を運んできて、巧《たくみ》の横に置き、静かにその場を去っていく。巧の目のはしに映《うつ》ったみつえの顔が、いやに黄色く感じられて、思わず声をかけた。

「みつえ」

行きかけたみつえが振《ふ》り向いて返事をする。

「なんでしょうか?」

気のせいではない。みつえの顔は明らかに黄色くなっている。このごろ、みつえの体調がすぐれない。

「わたしのことなど、気にしなくていい。横になって体を休めたらどうか」

「心配いりません。熱もたいしたことはありませんし」

ときどき微熱《びねつ》を出す程度で、からだのどこかが痛《いた》いというのでもないらしい。でも、顔色の悪さは気になる。それに、微熱といっても、発熱に変わりはない。

みつえのことは気がかりだが、巧には急いでしなければならないことがたくさんあった。

ひとつは、連日のように送られてくる寄付金の処理《しょり》だ。宗悦《むねよし》が朝鮮《ちょうせん》民族美術館の設立を呼《よ》びかけ、雑誌《ざっし》『白樺《しらかば》』に寄付金を募《つの》る趣旨《しゅし》の文章を載《の》せた。送付先として我孫子《あびこ》の宗悦宅《たく》のほかに京城《けいじょう》の巧宅を指定した結果だった。

もうひとつは美術館に展示《てんじ》する品物の収集だ。巧や伯教《のりたか》が趣味《しゅみ》で集めた品だけでは心もとなかった。美術館は設立すると決断したものの、まだ適当な場所が決まらずにいる。

みつえは相変わらずだった。

黄色い顔をして園絵《そのえ》の世話をしている姿《すがた》は痛々《いたいた》しい。熱も上がらず下がらず、ずっと微熱《びねつ》がつづいていた。

ひさしぶりに早く帰宅《きたく》した巧《たくみ》が、みつえを無理やり布団《ふとん》の中に寝《ね》かせた。

枕元《まくらもと》に座《すわ》った巧が、園絵を膝《ひざ》にだき上げてみつえに話しかけた。

「明日こそは病院へ行こう」

みつえが微笑《ほほえ》んで首を振《ふ》る。

「ちょっと熱があるぐらいで、大げさですねえ」

「だって、ずっとつづいているじゃないか」

「ご近所の方は二か月以上も微熱があったそうですよ。ただの風邪《かぜ》でも、そんなふうになることもあるのです。心配いりませんよ」

「いや、明日は病院へ行こう。行って、なんでもなかったら、このわたしが安心なのだ。わたしのためにも、たのむよ」

病院へ行ってくるようにと、みつえには再三言っているが、「たいしたことはありません」の一点張りでがんとして動かない。巧が付きそうより方法がなかった。

「いいね。明日は病院だよ」

「はいはい。わかりました。わがままなご主人様だこと」

みつえはふざけているつもりかもしれないが、聞いている巧《たくみ》は不安でしかたなかった。

みつえの体調がすぐれないことは、母のけいや伯教《のりたか》の妻のたか代《よ》も知っていて、滋養《じよう》だ解熱《げねつ》だと、漢方薬を届《とど》けてくれているが、いずれの薬も、目に見えるようには効果《こうか》を発揮《はっき》していない。

巧は顔色の悪いみつえを見ると、いつもかつての同僚《どうりょう》を思い出す。秋田県の職場で隣《とな》り合わせの席にいた人で、顔が黄色くておどろいたものだ。出会ったころは元気だったので、もともとそういう顔色の人だと思ったが、そうではなかった。彼《かれ》はすぐに入院することになり、ひと月もたたずに亡《な》くなった。肝臓《かんぞう》が悪かったとあとで知らされた。

巧にとって、黄色い顔は肝臓病をそのまま連想させた。

翌日《よくじつ》、春の雨が降《ふ》りしきる中を、ふたりは園絵《そのえ》を連れて病院へ向かった。

いくつもの検査をした結果、やはり肝臓に問題がありそうだという。もっと詳《くわ》しく検査をしないとはっきりしたことは言えないが、肝臓の機能が大幅《おおはば》に低下して、肝不全の可能性もあると知らされた。

がっくりと肩《かた》を落とした巧を見て、医者があわてた。

「まだ断定はできません。あくまでも可能性です。もしかすると、ただの疲《つか》れかもしれませんし。しばらく様子を見てみましょう」

医者の言葉に勢いを得たのは、みつえだった。

「きっと疲れだと思います。すこしのんびりしてみます。それでも熱が下がらないようでしたら、またうかがいます。それでいいですね?」

みつえは心底ほっとしたようだった。

巧《たくみ》ににこっと笑いかけた後、勝ちほこったようにいう。

「だから、なんでもないって、言いましたでしょ?」

巧はみつえのように手放しで喜べない。

「肝不全《かんふぜん》の可能性があるって言われたじゃないか」

「まあ、あなたはそんなに神経質な人だとは思いませんでしたよ」

みつえはどこまでも明るかった。

巧はみつえと園絵《そのえ》を家に送り届《とど》けたあと、その足でソンジンの家を訪《たず》ねた。

ソンジンは仕事に出かけていて、ヘジョは共同井戸の周りで洗濯《せんたく》の最中だった。平たい石の上にぬれた布を置いて、上から棒《ぼう》でたたく朝鮮式《ちょうせんしき》の洗濯風景は、いつ見てもはっとする。ここは朝鮮なのだと常に思い知らされる。

「ヘジョ」

「先生。どうかしましたか？」

ヘジョは約束どおりに、ときおり巧《たくみ》の家にきては収集した品の整理をしてくれている。帳面に番号を振《ふ》って、種類や産地、それに購入《こうにゅう》した店の名前などを書きこみ、余白に作られたおよその年代を記載《きさい》する。焼き物に関しては、まだまだ詳《くわ》しいことがわからず、いずれはどこの窯《かま》でどのように焼かれたかも調べたかった。

ヘジョが、濡《ぬ》れた手を前掛《まえか》けでふきながら立ち上がった。

「急ぎの用事ですか？」

「いや、そうじゃないんだ」

巧はみつえの様子をかんたんに説明して、できるだけ家にきて家事をしてほしいとたのんだ。人見知りをするみつえも、ヘジョになら気を許している。けいやたか代《よ》に手伝ってもらうのは、みつえがきっと気を遣《つか》うと思ったからだった。

翌日《よくじつ》からヘジョがきてくれることになり、みつえの負担《ふたん》も軽くなった。巧は知らず知らず「ただの疲《つか》れ」に期待をおくようになった。

ところが、みつえの顔色はよくなるどころか、日ごとに悪くなっていった。顔だけが黄色かったのに、気がつけば、手のひらも足の裏《うら》も黄色くなっている。顔など、黒ずんで見える日もあった。

みつえの疲労感《ひろうかん》は増すばかりで、夏の初めころになると、自分から床《とこ》に伏《ふ》す日が多くなった。手足は目に見えてやせ細っていくのに、なぜか体はそのままだった。

「みつえ、病院に行こう」というも、「わたしは体力がないから、快復に時間がかかるのです。心配ありません」と、はねつける。

そしてある日のこと、湯上がりのみつえの姿《すがた》を見て、巧《たくみ》は愕然《がくぜん》とした。顔や手のひらだけでなく、からだ全体が黄色く変色している。

(ああ、なんということを……もっと早くに決断すべきだった)

一刻《いっこく》も早く、みつえを入院させなければならなかった。

その日の夜、大丈夫《だいじょうぶ》だと言いはるみつえをねじ伏せるようにして、巧は楽観できる状態ではないと説いた。長い時間話し合ったすえに、みつえがぽつりとつぶやいた。

「死ぬなら、あなたのそばがいい」

巧は精いっぱい声を張り上げて大らかに笑った。

「おかしな人だ。そんなにたいそうな病気じゃないだろう？　ばかなことを言っていないで、明日にでも病院へ行こう」

言いながら、巧はみつえの入院中、園絵《そのえ》をどうすればいいだろうと考えていた。兄嫁《あによめ》のたか代《よ》には教師の仕事があるし、母には伯教《のりたか》たちの子どもの世話がある。ヘジョには荷が重すぎるはずだった。

一夜明けて、みつえを病院へ連れていく前に、園絵《そのえ》を母のけいにあずけるしかないと巧《たくみ》が腹《はら》をくったところに、みつえの意外な意見が出た。

「入院するなら、実家のある山梨《やまなし》の病院へ行きます。弟の家族なら、園絵の面倒《めんどう》も見てくれるはずですから」

巧の胸《むね》がぐっとつまった。それでも笑顔《えがお》を作っておどけてみせた。

「なんだよ、ゆうべは『あなたのそばがいい』っていったじゃないか。たったの一晩《ひとばん》で、そんなに冷たくなれるもんかねぇ」

「そうですよ。わたし、ほんとうは冷たい人間なんです。今ごろになって気づくなんて、あなたもまだまだですねえ」

「すいません。はい、まだまだなんです」

おどけた会話もここまでだった。

巧はみつえを床《とこ》につかせると、ヘジョがくるのを待って園絵をたのみ、伯教《のりたか》の家へ行った。

みつえの入院は家族に知らせなければならない。途中《とちゅう》でみつえの弟であり巧の親友でもある浅川政歳《あさかわまさとし》に、電報を打つのも忘《わす》れなかった。

そうして、春から夏に移るころ、みつえは甲府《こうふ》にある山梨《やまなし》県立病院に入院した。

このことを我孫子《あびこ》の宗悦《むねよし》に伝えたところ、『白樺《しらかば》』に掲載《けいさい》の美術館寄付金の送付先から巧《たくみ》の名前が消された。甲府への行き来がひんぱんになれば家は留守が多くなる。安心してみつえの見舞《みま》いができるようにとの、宗悦の配慮《はいりょ》だった。

みつえを山梨県立病院に入院させ、園絵《そのえ》をみつえの実家にあずけた。巧の、朝鮮《ちょうせん》と日本を往復する遠距離見舞《えんきょりみま》いがはじまった。

巧は、職場の仕事を昼夜を問わず集中的にこなし、まとめて休めるようになると、内地（日本本土）の甲府の病院を目指した。行き帰りの列車や船の中が書斎代《しょさいが》わりとなって、必要な本を読んだり論文《ろんぶん》を執筆《しっぴつ》したりした。

真夏の炎天下《えんてんか》を歩く病院への道のりは、辛《つら》かった。訪《たず》ねるたびに悪化しているみつえの病状が、巧をせつなくさせる。麻《あさ》のスーツがたちまち汗《あせ》にまみれ、額からぽとぽと汗が流れていくことなど、なにほどでもなかった。

甲府でも京城《けいじょう》でも、巧はひたすらに祈《いの》った。

暑さが遠退《とおの》き、初秋の風を感じはじめたころ、とうとうみつえのお腹《なか》に水がたまりだした。やせ細ったからだなのに、お腹だけがふくれている。肝臓《かんぞう》の病で腹水《ふくすい》がたまるのは、末期の症状《しょうじょう》だと医者から説明された。なにが原因で肝臓が悪くなったのかはいまだにわからないが、外から悪いものが肝臓《かんぞう》に入り、肝不全《かんふぜん》から肝硬変《かんこうへん》にいたったのではないかという。

巧《たくみ》や多くの人の祈《いの》りもむなしく、一九二一年九月二十九日、みつえは天に召《め》された。

巧は、冷たくなっていくみつえの手を取りながらぼうぜんとしていた。自分がどこにいるのかさえもおぼろになる。

自分の信じる神が、このようにひどいことをするはずがない。

「みつえ、みつえ」

どんなに叫《さけ》んでも、みつえはなにもこたえない。巧の中にぽっかりと大きな空洞《くうどう》ができていた。

Ⅲ ― 樹《じゅ》立《りつ》

植林に関する画期的な発明、朝鮮《ちょうせん》民族美術館の開館など、喜ばしいことの陰《かげ》に日本国内の災害や巧《たくみ》自身の悲しみと苦しみ、そして新たな生活の日々がつづくように思われた。

十二　信仰《しんこう》

職場から帰っても、家には巧《たくみ》を待つものはいない。がらんとした家の中で、明かりもつけないまま、ぼんやりと過ごす時間が多くなった。

紅葉《こうよう》にはまだ少し早いが、人々は秋の訪《おとず》れを外に出て楽しんでいるようだった。職場の友人たちが「家にこないか」とか「みんなで行楽に出かけよう」と誘《さそ》ってくれても、巧はまだその気になれない。

みつえの死からひと月がたっているのに、巧の中の時間は、ひと月の間止まったままだった。しきりに四歳《さい》になる園絵《そのえ》が思われた。園絵は今もみつえの実家で世話になっている。母がいなくなった今も、愛くるしい笑《え》みを浮《う》かべているだろうか？　父親がいるのに親戚《しんせき》にあずけられる彼女《かのじょ》が不憫《ふびん》でならない。手元に引き取れない自分もまた、哀《あわ》れだった。

生前、みつえがよく座《すわ》っていた場所に腰《こし》を下ろして明かりをつけると、巧は聖書《せいしょ》を開いた。どこを読んでも、どれだけ長い時間読んでも、神への感謝が浮かばない。

みつえが恋《こい》しくてならなかった。

ひとりきりの暮《く》らしはどうにも馴染《なじ》めず、むなしくてやりきれない。

「なぜ、このように苦しめるのですか。わたしの信仰《しんこう》が足りなかったからですか？　ああ、わたしはこれからどうしたらいいのでしょう」

将来《しょうらい》になんの希望も抱《いだ》けない日々は、美しいものを見ても美しいと感じられず、美味《おい》しいはずのものを食べても、味が感じられなかった。

巧《たくみ》にとって、みつえがどんなに大事な存在《そんざい》だったかを痛《いた》いほど感じながら、いなくなったことがどうしても受け入れられない。空虚《くうきょ》な現実に押《お》しつぶされそうだった。辛《つら》くて、生きていてもしかたがないとさえ思う。みつえをどれほど愛《いと》しく思っていたのか、今になってよくわかる。みつえに会いたくてたまらなかった。

「神さま、辛くて、苦しくて、どうにもなりません。できることならこの苦しさから解放してください」

声を上げて祈《いの》った自分の声に、巧ははっとした。

イエス・キリストが十字架《じゅうじか》にかけられるとわかったとき、人間のからだを持つイエスは、磔《はりつけ》の苦しみから逃《のが》れたかった。父なる神に「父よ、みこころならば、どうぞ、この杯《さかずき》をわたしから取り去ってください」と祈ったのだった。イエスは苦しみもだえて、汗《あせ》は血のしたたりのように地に落ちたと書いてある。しかし、イエスは自分の苦しみよりも、「みこころがなりますように」と祈りを結んでいる。

イエスが十字架上《じゅうじか》で死ななかったら、キリスト教に救いはない。人々の罪を自らの死によってあがない、後に復活することによって、永遠の命を示したのだ。イエスにとって残酷《ざんこく》でこの上ない苦痛《くつう》をもたらす磔《はりつけ》は、イエスが救い主になるための過程であり、父なる神の人間に対する最愛の証《あかし》でもあった。

巧《たくみ》の全身を強烈《きょうれつ》ななにかが貫《つらぬ》いた。心もからだも緊張感《きんちょうかん》の高まりで、息を継《つ》ぐのもためらわれた。

イエス・キリストの十字架を心から理解した瞬間《しゅんかん》だった。

イエス・キリストの十字架を信じるクリスチャンなら、みつえは今天国にいると信じられるはずだった。

自分の信仰《しんこう》は、なんと未熟《みじゅく》だったのだろう。死は終わりではないのだった。

神は多くをお与《あた》えになった人からは多くを求められるし、超《こ》えられない苦しみは与えないと聖書《せいしょ》にある。

「神さま、大いなる試練を受け入れます。あなたがわたしのために与えてくださった恩寵《おんちょう》だと信じます。あなたの深い愛がもたらしたことだと信じます」

巧《たくみ》はあふれる涙《なみだ》をぬぐいもしないで神に祈《いの》り、神と対話しつづけた。

みつえが亡《な》くなり園絵《そのえ》がここにいない空虚感《くうきょかん》はそのままでも、神の恩寵《おんちょう》とわかったことで、希望の明かりがともった。この明かりを頼《たよ》りに進んでいこうと思う巧の心に、やっと平安が訪《おとず》れようとしていた。

この試練の先に、神はどのような恵《めぐ》みの道すじを用意していてくださるのだろう。そう思うそばから、巧は生きる力がじわじわと湧《わ》いてくるのを感じた。

みつえの入院や死で、巧が私生活にかかりきりになっていた間にも、宗悦《むねよし》の美術館設立の準備は進められていた。この年の六月には、兼子《かねこ》のコンサートや宗悦の講演会がまた京城《けいじょう》で開かれていた。

みつえの死からようやく本来の自分を取りもどすと、巧は憑《つ》き物が落ちたように、猛烈《もうれつ》に働いた。

滞《とどこお》っていた論文《ろうぶん》を執筆《しっぴつ》し、山の樹木《じゅもく》の調査にも意欲的に取りくんだ。夢中になるあまり、帰宅してから夕食をとることを忘れるのはめずらしくなく、気がついたら飲まず食わずのまま朝を迎《むか》えていたこともあった。

朝鮮《ちょうせん》の林業に関わる人たちの中には、巧が書く論文や調査報告を、心待ちにしている人が多かった。現状分析《ぶんせき》された巧の書き物は、論理的でわかりやすく、現場の仕事に役だった。

宗悦《むねよし》の朝鮮《ちょうせん》民族美術館への情熱は、適当な用地が決まらないとか総督府《そうとくふ》が快諾《かいだく》しないとかの多くの問題を抱《かか》えながらも、いっこうにおとろえることはなかった。

宗悦の実行力は並《なみ》はずれている。一九二一年十一月二十六日と二十七日の二日間だが朝鮮民族美術館の名前で美術展が開催《かいさい》できそうになった。場所は京城日報社《けいじょうにっぽうしゃ》の来青閣《らいせいかく》が借りられるという。今回は会場の都合もあって、泰西《たいせい》絵画展覧会《てんらんかい》になるが、朝鮮民族美術館が主催《しゅさい》であると公表できることに大きな意味があった。

巧《たくみ》はもうぼんやりなどしていられなかった。準備に必要な事柄《ことがら》を書き出すと、今からすぐにでも走りまわらなければならないほどに、することが多い。さらに、しばらくはずされていた寄付金の送付先に、また巧の住所が使われるようになった。

この時期、巧にとっては気ぜわしく働くほうがいいと、宗悦が配慮《はいりょ》したのかもしれなかった。

確かに、予定がつまっていて、目の前の事柄をこなしていくのが精いっぱいの日々は、ぼんやりする余裕《よゆう》さえもない。だからといって、みつえを忘《わす》れるわけではない。みつえは以前にもまして存在《そんざい》を鮮明《せんめい》にしている。悲しみにしずんでいたときには、みつえも生彩《せいさい》をなくしてひっそりと巧に寄りそっていたが、今はその人格をくっきりと浮《う》かび上がらせながら巧とともにあった。

みつえがここにいないことの空虚感《くうきょかん》とさびしさは、なにかでうめられるものではない。しかし、大きな試練も神の恩寵《おんちょう》と理解したときから、すべての悲しみがやがては喜びに繋《つな》がっていくと信じるだけで希望の明かりが大きくなっていくのを感じていた。

美術館に関係したことで多忙《たぼう》をきわめているさなか、林業試験所の移転が決まった。林業試験所から「林業試験場」と改称《かいしょう》されて、以前より規模《きぼ》も大きくなり、研究機関として試験林の近くの清涼里《チョンニャンニ》に引っ越《こ》すことになった。清涼里は京城《けいじょう》から東へ十キロメートルほどのところだ。今後は人員も大幅《おおはば》に増える見こみだという。たったの数名ではじめた林業試験所が、それなりの成果を収めた結果である。

一九二二年の元旦《がんたん》、巧《たくみ》は今年から日記を書くことに決めた。新年になにか新しいことをはじめたかった。日常の記録になるし、なにより、自身を見つめるのにいい方法だと思った。

宗悦《むねよし》は大晦日《おおみそか》から京城にきていて、巧には大きな慰《なぐさ》めになった。巧は宗悦が滞在《たいざい》する宿をひんぱんに訪《おとず》れ、美術館へのたがいの思いを語り合ったり道具屋を回ったりした。またときにはほかの友人も交えて朝鮮白磁《ちょうせんはくじ》の窯跡《かまあと》を訪《たず》ね、標本に使えそうな陶片《とうへん》をたくさん集めたりもした。

宗悦や友人たちと会わない日は、たいてい貞洞《チョンドン》に母たちを訪ねた。

母のけいは数年前に山梨《やまなし》から祖父が使っていた茶道具《ちゃどうぐ》を運んできていて、巧の顔を見るとお茶を点《た》ててくれた。

ふたりきりの部屋で、茶釜《ちゃがま》がチンチンと音をたてて湧《わ》いている。

母が巧《たくみ》のために選んだ白磁《はくじ》の茶碗《ちゃわん》に、緑色の薄茶《うすちゃ》が点《た》てられた。

「甲府《こうふ》の園絵《そのえ》は元気にしていますか?」

「はい。この間風邪《かぜ》を引いたようですが、もうすっかり治ったと便りがありました」

「会いたいですねえ」

「会いたいです」

「園絵といっしょに暮《く》らせるようにしませんか?」

巧は飲みおわった茶碗を手に持ったまま母を見た。わかりきったことを改めて聞く母が不思議だった。

母は「もう一服《いっぷく》いかがですか?」と聞きながら巧の手から茶碗を受け取り、茶杓《ちゃしゃく》を持った。

「再婚《さいこん》ということも考えてみたらどうですか? あなたひとりでは、園絵を手元に置いて育てることはできませんよ」

再婚など、考えたこともなかった。

だまっている巧に、母は二服目の茶を勧《すす》める。

「たか代《よ》さんがいうのです。園絵を連れてきてわたしたちで育てましょうって。それがいちばんいいってね」

兄嫁《あによめ》のたか代《よ》は、伯教《のりたか》が学校をやめてから、自分が一家の大黒柱となって働いている。とても無理が言える状態ではなかった。

母はなれた手つきで空になった茶碗《ちゃわん》に水を注いで洗《あら》い、茶巾《ちゃきん》でぬぐっていく。

「子どもは、親が育てるのがいいのですよ」

男親にそれができないのなら、新しい母親にたよるしかないと、母は言いたいのだろう。

「考えてみます」とこたえながら、巧《たくみ》は、再婚《さいこん》せずに園絵《そのえ》を引き取れたらどんなにいいだろうと思っていた。

その年の二月二十五日、巧が清《チョン》涼《ニャン》里《ニ》に引っ越《こ》す日がきた。新しい家は幸運なことに、試験場のすぐ近くに借りることができた。今回は朝鮮《ちょうせん》家屋をうまく借りることができ、巧の念願だった朝鮮の生活のスタイルで、新生活がはじまろうとしている。

朝のうち、小雪がちらついたが、天気に大きなくずれはなく、予定通り引っ越すことにした。

引っ越しの荷物は、馬車に一台とチゲ（荷担《にかつ》ぎ）が四荷だ。

「先生、いつでも出発できますよ」

庭先からソンジンが顔を出した。

ソンジンとヘジョは、早朝から手伝いにきてくれている。ほかにもときおり家事の世話をしてもらったおばさんや近所の人たちが、何人も訪《おとず》れては巧との別れを惜《お》しんでくれた。

巧《たくみ》は最後に家の中を掃《は》いてきれいにしたあと、オンドルの効《き》いた部屋に座《すわ》りこみ、この家で過ごした時間を思い出していた。みつえを迎《むか》えたのもここだし、園絵《そのえ》が生まれたのもここだった。目を閉《と》じれば、家のそこここで立ち働くみつえが現れ、おぼつかない足取りで伝い歩く園絵が見える。夢のように幸せな日々だった。

台所で物音がした。

行ってみると、ヘジョがかまどにだきついてすすり泣いている。

「ヘジョ、どうしたの?」

「先生、部屋にいらしたのですか?」

ヘジョは誰《だれ》もいないと思っていたらしい。

ヘジョが横を向いて涙《なみだ》をぬぐっている。

「みつえさんを思い出していました」

みつえはヘジョに「奥様《おくさま》」と呼《よ》ばれるのをいやがって、名前で呼んでくれといっていたのを思い出した。

みつえは社交的な人間ではなく、どちらかといえば、家の中で一日じゅう家事をしていたいような人だった。朝鮮人《ちょうせんじん》の数少ない知り合いのなかで、ヘジョを最も信頼《しんらい》していた。

ヘジョがかまどに両手を添《そ》えた。

「やさしいお姉さんでした。いつもここで料理しました。わたしも手伝いました。みつえさんはわたしのお姉さん。大好きでした。もっといっしょにいたかったのに……わたしの水キムチ、あのころよりもっと美味《おい》しくなりました。お姉さんに食べてほしかった」

ヘジョはもう我慢《がまん》できなくなったのか、肩《かた》を大きく揺《ゆ》らしたと思ったら、大声を上げて泣きだした。

「ヘジョ、ありがとう」

巧《たくみ》の目にも涙《なみだ》があふれていた。

巧はヘジョの嗚咽《おえつ》を聞きながら、幸せだった時間を感謝し、これから迎《むか》えるときも常に神とともにありたいと祈《いの》った。すべては神のみこころのままに。

「先生」

ソンジンの声で、巧は腰《こし》を上げた。

「ヘジョ、今度は清 涼 里《チョンニャンニ》にきてくれるね」

「はい」

ヘジョには相変わらず収集品の整理や記録をしてもらっている。

「さて、出かけるかな」

巧が台所から玄関《げんかん》に行くのと、ソンジンが台所にくるのとが同時だった。

「先生、行きましょう」

「ありがとう。そうしよう。じゃ、ヘジョ、行くよ」

ヘジョと目で別れの挨拶《あいさつ》をしていると、ソンジンが「外で待っています」と出ていく。ヘジョには見向きもしないでだ。あんなに仲のよい兄妹《きょうだい》なのに、言葉を交《か》わさないのは不自然だったが、仲がよいからこそ、たがいにわかりあっていてだまっていることもあると思い直した。

それから数日ののちのことだった。

真冬に逆もどりしたような寒さで土地が凍《こお》りつき、とても土をいじる仕事はできないと判断しながら事務室に行く途中《とちゅう》、総督府《そうとくふ》の役人と出会って外気温は零下《れいか》十三度だと聞いた。

朝鮮《ちょうせん》にきて九回目の冬になる。寒さにもかなり慣れたはずだが、零下十度より下がると、からだがとたんに「極寒《ごっかん》」だと反応する。

朝鮮にきたとき二十三歳《さい》だった巧も三十一歳になり、職場でもいつしか若《わか》い人たちにたよられる存在《そんざい》になっていた。

自然の中で、植物を相手に仕事をしているときほど幸せを実感できることはない。春ならなおのことだ。冬枯《ふゆが》れた木に若葉が吹《ふ》き出し、凍《い》てついた大地からいっせいに草花の芽が現れてくる。新しく生まれた命に、見わたす限りの世界が輝《かがや》いていく。耳をすますと、天使たちの喜びの歌が聞こえてきそうだった。

そんななか、巧《たくみ》は上司と意見の食《く》い違《ちが》いで悩《なや》まされていた。禿山《はげやま》の土砂《どしゃ》の移動を防ぐ砂防植栽《しょくさい》についてだ。

問題は木を植えたりして山を整える治山事業だった。土砂の崩《くず》れを防ぐ砂防工事の方法について、巧が提案する「山と植物の生命に助勢して山林を発育させる」植栽の案を、上司は完全否定《ひてい》した。博士の称号《しょうごう》を持つ上司は、芝生《しばふ》などで脆弱《ぜいじゃく》な土地を包みこむことこそが肝要《かんよう》だと言いはり、それ以外の方法はいっさい受け付けなかった。

巧はめずらしく猛烈《もうれつ》に反論し、すでに提出してある事業計画書に許可の印（この上司は、自分が許可の印を押《お》したことさえ忘《わす》れていた）もあることから、着手済《ず》みの植栽を独断で推《お》し進めることにした。

十二　人のつながり

一九二二年九月の初め、日曜日の夕方だった。真新しい朝鮮服《ちょうせんふく》に袖《そで》を通した巧は、鏡の前に立っていくぶん胸を反らした。

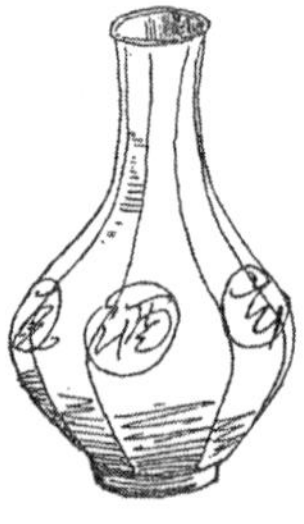

「いいねえ。すごくいい」

少し薄手《うすで》の木綿《もめん》でできた服は、真新しい分だけ、まだよそよそしい。からだに馴染《なじ》みきらないところがいかにも新品らしくて、気分まで晴れがましくなる。

横で目を細めて見ているのはヘジョだ。

「すみません。いつか、もっといい生地《きじ》で作ります」

「とんでもない。じゅうぶんだよ、ヘジョ」

昨年専門学校を卒業したヘジョは、仕立屋に就職《しゅうしょく》した。少ない給料の中から毎月少しずつ蓄《たくわ》え、一年以上たってやっと巧《たくみ》に服を贈《おく》ったのだ。布を選んだのも仕立てたのもヘジョだと聞いて、巧はうれしくてしかたがない。

「ソンジンにも作ってやったの？」

「いえ、兄さんには来年作ります」

「悪いねえ。ソンジンはくやしがっただろうなぁ」

「そんなことありません」

「いや、あいつのことだ。くやしかったに違《ちが》いない。ヘジョ、たのむよ。ソンジンがくやしがっていたといってよ」

ヘジョは目線を下に落としてにやっと笑った。

このころ、巧《たくみ》とソンジンはなにかというと競《きそ》いあっては、たがいを負かせて喜んでいる。山歩きの速さを比べたり、腕相撲《うでずもう》をしたりと、どうでもいいことまで競っている。

巧とソンジンがこんなふうにつきあえるのも、ソンジンが巧と同じ職場に復帰したからだった。

職場が清涼里《チョンニャンニ》に移ったとき、働く人たちの数が大幅《おおはば》に増えた。巧が就職《しゅうしょく》したときはまだ職場が開設して間がないときで、職員はたったの数名だった。ところが、今は技師、技手、雇《こ》員《いん》など合わせて二十一人もいる。巧自身も雇員から技手に昇進《しょうしん》した。そして、ソンジンも巧の強い要望で、雇員《こいん》のひとりに採用されている。ソンジンの希望を事前に確かめてのことだった。

巧はもう一度鏡に姿《すがた》を映《うつ》したあと、新しい服を脱《ぬ》いでていねいにたたんだ。

「ヘジョ、ありがとう。うれしいよ」

「兄さんに勝ったことですか」

今度は巧がにやっと笑った。

「それもあるかな……」

ヘジョは口には出さなかったが、みつえも園絵《そのえ》もいないところで、巧が声を上げて笑うようになったことがうれしかった。先生は笑っているほうが先生らしいと、いつも思っていた。

巧は巧で、ヘジョが安心して笑っているのを見て、ほっとしている。いつも心配をかけていたから、ヘジョたちが以前のように笑顔《えがお》で接してくれるのがなによりありがたかった。心のすみで、ここに園絵《そのえ》がいたらなにも言うことはないと思いながら。

ヘジョはこれからひと月ほど、毎日巧《たくみ》の家にきてくれることになっている。午前中は出勤して午後から休めるよう、仕立屋の主人に、巧が直接たのみこんで許しを得た。

ヘジョの手が今まで以上に必要になり、ヘジョの都合に合わせて、ときおりきてもらうだけでは、間に合わない仕事量を抱《かか》えていたからだった。

宗悦《むねよし》をはじめ、朝鮮《ちょうせん》民族美術館設立に関わる人たちの情熱はいっこうにおとろえることなく、十月五日から七日にかけてまた展覧会《てんらんかい》を開催《かいさい》することになった。

初回は昨年の十一月で、絵画が多い美術展だったが、主催《しゅさい》を朝鮮民族美術館としたことに大きな意味があった。一年後の今回は朝鮮貴族会館を借りて、朝鮮陶磁器《とうじき》の展覧会をする予定だ。主催《しゅさい》はもちろん朝鮮民族美術館である。

会期中に講演会も計画されていて、巧は「朝鮮人が用ふる陶磁器の上の名称《めいしょう》」、伯教《のりたか》は「李《り》朝《ちょう》陶磁器の歴史」、宗悦は「色の調和、形の整調」についてと、それぞれが得意の分野を担当《たんとう》する。ほかに陶芸家《とうげいか》の富本憲吉《とみもとけんきち》もきて「技巧《ぎこう》」について講演することになっていた。

巧は講演の内容を書き留めた帳面を、机の上に広げた。あちこちに皿や碗《わん》など器の絵が描《えが》いてあって、その周りに名前と使い方が書きこんである。朝鮮の陶磁器が、どのような目的で作られて、どのように名付けられたかを知れば、日本人たちも、朝鮮《ちょうせん》民族の生活や国民性を親しみやすく理解するかもしれないと考えた。日本人が自分たちの文化に引き寄せて勝手な解《かい》釈《しゃく》をするのではなく、器が持つ本来の意義をきちんと知ることが大事だというのが、巧《たくみ》の講演の内容だった。

ヘジョの仕事は多い。巧が集めた陶磁器《とうじき》のほかに、伯教《のりたか》が所蔵《しょぞう》する分もヘジョに整理してもらう。伯教も巧も、好きで購入《こうにゅう》しただけで作品の背景《はいけい》をまったく調べていないものもある。この際、できるだけ情報を集めて記録したいと思っている。ふたりが走り書きしたものをヘジョが清書したり、朝鮮語のハングルに書き換《か》えたりする。中には膨大《ぼうだい》な情報を集めたものもあるが、それらも、ヘジョの手できれいに整えてもらわなければならなかった。漢字の清書は巧や伯教がするとして、ハングルはヘジョの出番だ。

ハングルにこだわるにも理由がある。前回の美術展は来場者の多くが日本人だったが、今回の展覧会《てんらんかい》にはぜひとも朝鮮の人たちにきてもらいたいからだった。

ヘジョが入れてくれたお茶を巧がのんでいる横で、ヘジョが帰り支度《じたく》をはじめた。

「ヘジョ、明日からおねがいするね。さっきいったように、夕食の用意はしなくていいから、明るいうちに帰宅《きたく》すること。これは守ってほしい。約束だよ」

うなずくヘジョに、巧が言いそえる。

「ソンジンににらまれたらかなわないって、ヘジョも知っているだろう?」

ふたりが顔を見合わせているところに、

「こんばんは。ソンジンです」

と、本人が現れた。外はまだ暗くないのに、ヘジョを迎《むか》えにきたという。

「妹思いのお兄様、ようこそ」

巧《たくみ》の冗談《じょうだん》を無視《むし》して、ソンジンは無表情のまま上に上がった。

巧はソンジンの態度をいぶかしく思いながら、ヘジョにお茶をたのんだ。

「ソンジンにはいちばん上等のお茶をたのむよ」

「はい」

素直《すなお》に返事をしてヘジョが立ち上がる。

巧の家にあるのは番茶だけで、上等もなにもほかにはない。それなのに、ヘジョは無言のまだ。それればかりか、ふたりとも顔を見合わすこともしない。さすがの巧も、なにかあると思わざるをえなかった。

「どうしたんだよ、ふたりとも」

「えっ、なにがです? どうかしましたか?」

ソンジンが顔を引きつらせて笑顔《えがお》を作っている。

「ふたりとも、いつもと様子が違《ちが》うぞ。もしかして、ソンジンはヘジョに手伝ってもらうのがいやなのか？」

ソンジンがあわてて首を振《ふ》る。

「いやだなんて、とんでもない。おれたちは、先生のお役に立てるのはうれしいことですから。なっ、ヘジョ」

ヘジョが注ぎかけたお茶を中断して、ソンジンを見るなり、笑いかけた。いつものあの笑顔《えがお》だ。

「先生、ほんとうはね、わたしたち、けんかをしている最中なんです。だから、気にしないでください」

「そうだったのか。ま、たまにはけんかもいいさ」

巧《たくみ》を納得《なっとく》させると、ふたりは帰っていった。

（あんなに仲のいい兄妹《きょうだい》でも、けんかをするんだなぁ）

巧が知る限り、ふたりのけんかは初めてのことだった。

翌日《よくじつ》、巧が出勤すると、ソンジンが事務室の前で待っている。

「先生、おねがいがあります」

なんだと思ったら、今月いっぱい定刻《ていこく》で仕事を終わらせてほしいという。実験などでたまに夜まで残ってもらうことがあるが、今月だけ早めに帰宅《きたく》したいそうだ。

「いいとも。そうしよう」

「ありがとうございます」

ソンジンはそれだけ言うと、早々にその場を立ち去った。まるで、なにも聞かれたくないというふうにだ。

巧《たくみ》はソンジンの態度に不自然さを感じたが、人には知られたくないことだってあると、すぐに忘れた。

巧は忙《いそが》しい仕事の合間を縫《ぬ》って、伯教《のりたか》の家に出向いた。

その日は格別に気分がよかった。つい鼻歌が口をついて出てくる。今年の初めから上司ともめていた仕事が、いい形で収束したからだった。反対する上司の意向を無視《むし》してやりとげた仕事場に上司が訪《おとず》れ、見事な植栽《しょくさい》を見て納得《なっとく》した。土地に合った植物や、それぞれの植物の特徴《とくちょう》を生かした砂防《さぼう》を目の当《まあ》たりにして、巧のやり方に同意したのだった。

伯教《のりたか》の家が見えてきた。伯教は長い間東京を拠点《きょてん》にして彫刻《ちょうこく》の制作に打ちこんでいたが、四月から京城《けいじょう》にもどっている。

伯教はきょうも朝鮮服《ちょうせんふく》に身を包んで、調べものに没頭《ぼっとう》していた。ときには食事中に、かたわらで絵を描《えが》いたりする人だった。

たえず読むか描《えが》くかしないといられない伯教《のりたか》が、巧《たくみ》がくるとそれらを放り出して、巧につきあう。

ふたりが話しこんだら、時間のたつのがわからなくなる。十月の展覧会《てんらんかい》のこと、講演のことなど、話題に事欠かなかった。

伯教の机《つくえ》には『白樺《しらかば》』の九月号が置いてある。先月京城《けいじょう》にきた宗悦《むねよし》が持ってきてくれた雑《ざっ》誌《し》だが、この号は李朝陶磁器《りちょうとうじき》(朝鮮陶磁器と同じ意)を特集していた。

伯教が『白樺』を手元に引き寄せた。

「巧の文章、なかなかのものだな」といえば巧が「いや、兄さんこそ」と言い返す。

ふたりの書いたものが掲載《けいさい》されているのだ。伯教は「李朝陶器の価値及《およ》び変遷《へんせん》に就《つ》いて」という論文を発表し、巧は昨年宗悦たちと行った窯跡《かまあと》について「窯跡めぐりの一日」という文章を寄稿《きこう》した。

話しこんでいるふたりの部屋にたか代《よ》がきた。

「巧さん、夕飯を食べていきますか?」

「いえ、今日は帰ります」

伯教の家にきたら、つい終電まで過ごしてしまうことが多かったが、今夜じゅうに書き上げておきたい論文があった。

たか代《よ》が「すぐに帰らないとだめですか」と聞くので、「いえ、そんなことはありません」とこたえた。

一度部屋を出ていったたか代は、編《あ》み物の道具を持って舞《ま》いもどってきた。

「どうぞ話していてください。その間に、巧《たくみ》さんの帽子《ぼうし》を作ります」

編み針《ばり》を持ったたか代の指先が動くたびに、かごの中の毛糸玉がくるくると動く。指も毛糸もひっきりなしに動いているのに、たか代はときどきふたりの会話にも加わったりする。巧はすごいなあと思いながらも、自分が帰るまでに仕上がるなど、あるはずがないと思っていた。

伯教《のりたか》と議論《ぎろん》しているうちに編み物のことが目に入らなくなり、ぼつぼつ腰《こし》を上げようとしたとき、たか代が帽子を差し出した。

「去年の冬に差し上げたかったのに、できなかったのです。寒くなったら使ってください」

おどろきすぎて、しばらくの間感謝の言葉も出てこなかった。

薄茶色《うすちゃいろ》の帽子は、ふんわりと暖《あたた》かそうだった。

母とたか代が持たせてくれた包みの中には、晩《ばん》ご飯のおかずがたっぷり入っている。明日の朝ご飯まで間に合いそうだった。

電車から下りると、柔《やわ》らかい空気が巧をとりかこんだ。京城《けいじょう》とはまったく違《ちが》う空気に思える。ここから家までの小径《こみち》は、緑が多くて実に美しい。もう少ししたら、秋の虫たちがいっせいに鳴きだすことだろう。

家に向かって数歩歩いたところで、巧《たくみ》は三人の子どもたちにつかまった。この辺りは人家が少ないうえに、巧の帰りが遅《おそ》いので子どもと出会う機会はそう多くない。それでも、顔見知りの子どもは何人もいた。

はなを垂《た》らした少年が、巧の荷物を見ている。

「重たい?」

「ああ、とても重たいよ」

その子よりも大きい男の子が「持ってあげようか?」と聞く。

三人の中でいちばん年長の女の子が、男の子たちをせせら笑う。

「先生は大人だから、ほんとうは重くないでしょ?」

巧は荷物を路上に置いて、ひとりひとりを順番にだき上げた。かわいくてならない。

女の子が巧を見上げて、声を張り上げた。

「さっき、父さんが野菜を持っていったよ。先生の家に置いてくるって」

「そう。ありがとう」

巧はポケットの中から飴《あめ》を取り出して、子どもたちの手にのせた。

巧が子どもたちにおやつを渡《わた》すように、朝鮮《ちょうせん》の人たちから野菜が届《とど》けられる。たがいにお礼を意識することなく、相手を思いやる気持ちが自然に行き交《か》っていた。

駅と家の中間ぐらいまでくると、その先は道が大きく湾曲《わんきょく》している。馴《な》れた道でも、カーブの先に少しずつ現れてくる松の林には、いつも心がおどった。

(あれ、誰《だれ》だろう)

向こうから人がくる。人が若《わか》い女性だとわかると、ほどなくそれがヘジョだと判明した。

「やぁ、ヘジョ……」

巧《たくみ》が片手《かたて》を上げて声を上げたとき、ヘジョの背後《はいご》からソンジンが現れた。

「おーい、ソンジンもいたのかーぁ。ひょっとして、ヘジョのお迎《むか》えかい」

呼《よ》びかけているうちにたがいの距離《きょり》はどんどん縮《ちぢ》まっていく。

ソンジンの先を歩いていたヘジョが、巧におじぎする。

「先生、おかえりなさい」

「ヘジョ、今日もお疲《つか》れさま、ありがとう」

ヘジョより数歩後《おく》れて巧の前にきたソンジンが、きまり悪そうに薄笑《うすわら》いを浮《う》かべた。

「べつに迎《むか》えに行ったわけじゃありませんよ。近くまで行ったものだから……」

「どうしててれるんだよ。妹思いの兄さんというのは、いいものだよ。なっ、ヘジョ」

返事を振《ふ》られたヘジョは、にこりともしないで、

「どうでしょう」などと言う。

「おいおい、きみたちはこのごろちょっとおかしいぞ。けんかなら、早めに終わらせるほうがいいと思うけどな。じゃ、また明日」

ふたりの言い分を改まって聞くほどではないだろうと、巧《たくみ》は早々に立ち話を切り上げた。

翌朝《よくあさ》のことだった。

展覧会の会場になる朝鮮《ちょうせん》貴族会館に用事があって行く途中《とちゅう》、ヘジョが勤《つと》める仕立屋の前を通りかかった。

店の横の路地にふいっと目がいった。

「ヘジョ……」

言いかけた言葉を、巧はのみこんだ。

ヘジョの横に若《わか》い男性がいたのだ。ふたりは小声で話しこんでいるが、なにやら深刻《しんこく》そうな様子だ。男性が気になって、注意して見ると、仕立てのよさそうな麻《あさ》のスーツを着ていて、明らかに日本人だとわかるたたずまいだった。

巧はそうっとその場を離《はな》れたが、ふたりの意味ありげな姿《すがた》が目に焼きついて離《はな》れなかった。

巧の目にも、あのふたりは親密《しんみつ》な関係だと見て取れる。

（もしかして……）

ソンジンはこのことを知っているのかもしれない。それなら、最近の兄妹《きょうだい》のぎこちない関係も納得《なっとく》できる。日本人嫌《ぎら》いのソンジンのことだ。妹が日本人とつきあっているのはおもしろくないはずだ。

（どうしよう）

ひどく気になるが、どう考えても、今の段階《だんかい》で巧《たくみ》が首をつっこむべきではない。第一、ヘジョとあの男性がつきあっているという確証《かくしょう》もないのだから。

それとなく様子を見ながら、自分の出番がきたときには誠実《せいじつ》に対処《たいしょ》したいと思うに留《とど》まった。

宗悦《むねよし》は九月から京城《けいじょう》にきていて、ふたりはほとんど毎日のように会っていた。窯跡《かまあと》の調査に出かけたこともあるし、巧の家に泊《と》まったこともある。

ある日の夕方、ヘジョが帰ったころ職場からもどってみると、宗悦《むねよし》が富本憲吉《とみもとけんきち》を伴《ともな》って家にきていた。憲吉はこの度《たび》の朝鮮《ちょうせん》民族美術館主催《しゅさい》の美術展会場で講演をすることになっていて、宗悦の宿で一度だけ会ったことがあった。

巧が出かけているときでも、大家が近くにいるのでいつでも戸を開けてもらえる。

会うなり、ふたりは「腹《はら》がへった」という。

「行きますか」とたずねる巧に、「行こう行こう」と宗悦が即答《そくとう》した。状況《じょうきょう》がわからない憲吉が「どこへ？」と問う。

巧《たくみ》の家の近くに清凉寺《せいりょうじ》という尼寺《あまでら》があって、数人の尼さんたちが寺内で食堂のようなものをやっていて、朝鮮《ちょうせん》の料理を出してくれる。宗悦《むねよし》は尼さんの料理をとても気にいっていた。

三人は連れだって清凉寺へ行き、宗悦が好きな料理を注文した。

この日は一時間ほど待たされたが、出てきた料理のすべてに、宗悦は満足だった。焼《や》き海苔《のり》、昆布《こんぶ》の油揚《あぶらあ》げ、ゼンマイ、キキョウの根、黒豆、大根と肉の醤油味《しょうゆあじ》付け、豆腐《とうふ》のすき焼き、ムク（ドングリや穀物《こくもつ》の澱粉《でんぷん》を柔《やわ》らかく固めたもの）、トンキムチ（豚肉《ぶたにく》、キムチ、野菜を使った炒《いた》め物《もの》）などの料理が、次々と食卓《しょくたく》をかざった。

器《うつわ》はどれもが無地だったが、薬味の小さな皿に淡《あわ》く魚の絵が描《か》いてあるのを憲吉が見つけた。分厚い焼き物で、白磁《はくじ》にうっすらと彩色《さいしき》している。

「素朴《そぼく》でいいね。魚はもうちょっとくっきりしていてほしいなぁ。そのためには窯《かま》の温度を調節しないと……」

話しこむ憲吉《けんきち》の肩《かた》を宗悦がたたいた。

「わかった。つづきは巧さんの家でしよう」

「よしよし、つまり、今夜は巧邸《てい》が宿になるわけだな」

お腹《なか》がはち切れそうにたらふく食べたあと、三人は焼き物についてさんざんしゃべり、明け方近くになってようやく布団《ふとん》に入った。三人並《なら》んで、三人ともが高いびきだった。

富本憲吉《とみもとけんきち》は宗悦《むねよし》よりも三歳《さい》、巧《たくみ》より五歳年上だったが、三人にとって小さな年齢差《ねんれいさ》などなんでもなかった。

憲吉は東京美術学校（今の東京芸術大学美術部）に在籍中《ざいせきちゅう》、絵の勉強でロンドンに留学している。帰国後、日本に滞在中《たいざいちゅう》だったバーナード・リーチと出会い、影響《えいきょう》を受けて陶芸《とうげい》をはじめた。

宗悦がバーナード・リーチと憲吉に繋《つな》がり、巧も宗悦を介《かい》してふたりと親しくなったことになる。そして、彼《かれ》らは当然のごとく伯教《のりたか》とも関わっていた。

宗悦をはじめとする彼らとの語らいは、巧を大いに刺激《しげき》して想像力をきたえ、未知の世界に触《ふ》れる喜びをあますところなく与《あた》えた。特に、焼き物の模様《もよう》にデザインという言葉を使う憲吉の見解に、新鮮《しんせん》さを感じた。

巧はもともと人見知りをしないたちだが、誰彼《だれかれ》なくすぐに打ち解けるわけでもない。著名な人や学識豊かな人には人並《ひとな》みに気後《きおく》れもする。それなのに、近《ちか》ごろの巧はどんな初対面の人に対しても、自然体だった。巧を取り巻《ま》く環境《かんきょう》の大事なところに宗悦がいて、彼やその人となりに惹《ひ》かれて集まった人々と交わるうちに、いつしか彼らと同じ所に立っている自分に気づく。憲吉の美意識にも、見知らぬことと恐《おそ》れるのではなく、新鮮さに興味が湧《わ》くばかりだった。

巧《たくみ》はすぐれた人々と出会う度《たび》に影響《えいきょう》されたいとねがって努力した。その積み重ねは、巧の生きる舞台《ぶたい》を引き上げ、常に巧自身を成長させていった。

そして、準備を重ねて迎《むか》えた展覧会《てんらんかい》の当日となった。昨年の十一月につづく朝鮮《ちょうせん》民族美術館が主催《しゅさい》する展覧会で、「李朝陶磁器《りちょうとうじき》展覧会」と書かれた看板《かんばん》が掲《かか》げられている。十月五日から七日の会期中、三日間とも、多くの来客を会場に招くことができた。ヘジョに助けられ、さまざまな友人たちの力を借りて乗り切れたことは、何物にも代え難《がた》い充足感《じゅうそくかん》を巧にもたらした。

会期中の入場者は千二百人に及《およ》び、その内の三分の二が朝鮮の人たちだった。大成功といえる結果だろう。このとき展示された陶磁器は四百余点になり、巧と伯教《のりたか》の収集品に加えて、宗《むね》悦《よし》たちと道具屋巡《めぐ》りをして集めた品や、ソンジンといっしょに訪《たず》ねた元両班《ヤンバン》からの借り物も含《ふく》まれている。いずれにしても、四百を超《こ》える点数がそろえられたのも、人々の支えがあったからこそだった。

伯教が講演した内容は月刊誌『朝鮮《ちょうせん》』の十二月号に掲載《けいさい》されるなど、喜ばしい余波にも恵《めぐ》まれた。

十二月二十三日から、巧は正月休みを利用して内地にわたった。

東京で宗悦に会い、山梨《やまなし》に入ったのは二十九日だった。駅に、親友であり亡《な》きみつえの弟でもある浅川政歳《あさかわまさとし》が出迎《でむか》えてくれ、家に着くまで、ふたりとも時を惜《お》しむように話しこんだ。

家の中に入って園絵《そのえ》を見たとたん、ただ、とめどなく涙《なみだ》が流れ出た。自分でもわけがわからなかった。園絵に会う場面は何度も想像して、先《ま》ずは胸《むね》にだきしめようと思っていた。それなのに、会うなり涙ばかり出てきて、言葉が出てこない。こんなはずではなかったと、心のどこかは冷静なのに、涙はいっこうに止まらなかった。自分でも、もうどうしていいかわからなかった。園絵が見えたら、とめどなく涙があふれてくる。園絵から視線《しせん》をはずすしかなかった。

五歳《さい》になった園絵は、周囲の人の愛情に包まれて、すくすくと育っている。成長した園絵を見ていると、ついみつえが思い出されて、また泣けてしまう。情けない父親だと、われながら嫌気《いやけ》がさして、それからはできるだけ園絵とふたりきりにならないようにしていた。

故郷《こきょう》で過ごした年末年始は、身も心もとろけそうに、穏《おだ》やかな幸せに満ちていた。

十三　痛《いた》み

伯教《のりたか》の彫刻《ちょうこく》への意欲は深まるばかりで、一九二三年（大正十二年）の五月には、第二回朝《ちょう》鮮《せん》美術展（朝鮮総督府《そうとくふ》主催《しゅさい》）で彫刻『小児《しょうに》三相』が入選し、レリーフ彫刻『ハラボジ』（おじいさんの意）が四等賞に入賞した。

巧《たくみ》の生活も充実《じゅうじつ》していた。試験場の仕事も比較的《ひかくてき》思うような成果が出せているし、柳宗悦《やなぎむねよし》や富本憲吉《とみもとけんきち》ともいい関係がつづいている。

巧は以前から、日常的に朝鮮の工芸品や陶磁器《とうじき》をスケッチしていて、その数は膨大《ぼうだい》になっている。気が向くまま描《か》きためたスケッチを、今は少しずつ分類して整理している。

巧は手紙を書くことが好きで、仕事にゆとりがあるときなどは三日にあげず書いては友人たちに送った。政歳《まさとし》もよく返事をくれる友人だが、宗悦と憲吉はその上をいった。憲吉の手紙にはよく詩が書いてあって、何度も読み返したし、宗悦の手紙はいつも愛情にあふれていて、書かれた文字以上のものを感じさせた。

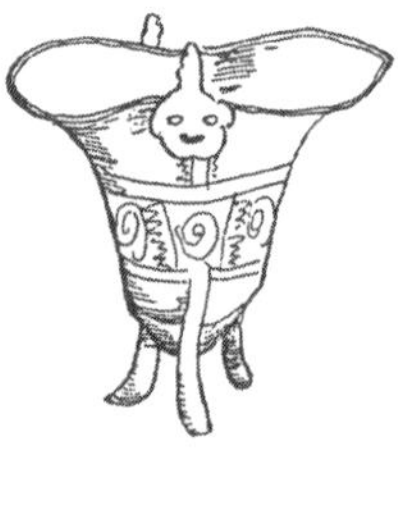

朝鮮《ちょうせん》で知り合った日本人の友人も増えて、たがいの行き来はひんぱんになっている。以前は、教会の人々と意図的に距離《きょり》を置いたこともあったが、何年も礼拝《れいはい》に通っているうちに信頼《しんらい》できる人々とも出会い、彼《かれ》らと腹《はら》を割《わ》って話せることもありがたかった。

自分の暮《く》らしがうまくいっていると感じれば感じるほど、山梨《やまなし》に残している園絵《そのえ》のことが強く思われた。

季節はいつのまにか初夏を迎《むか》えている。日曜日の早朝、家じゅうの窓《まど》を開け放って、さわやかな風を招き入れた。

日ごろ、町に出たときなど、園絵によさそうな衣類や菓子《かし》などを買い集める習慣は、いつから身に付いただろう。部屋の片隅《かたすみ》に集まった園絵への贈《おく》り物《もの》を箱に詰《つ》め、発送の用意をしていると、「先生、先生」と、外で声がする。

急いで玄関《げんかん》の戸を開けてみると、青白い顔をしたソンジンがいた。

「先生、ヘジョはきていませんか?」

「いや」

「ゆうべはきましたか?」

「いや、このところ会っていないよ」

朝鮮民族美術館が主催《しゅさい》する展覧会《てんらんかい》が終わったあと、ヘジョはもう巧《たくみ》を手伝うこともなかった。

「先生、あぁ、どうしよう……」

　ソンジンの様子にただならないものを感じて、巧《たくみ》はひとまずソンジンを家の中へ入れて水の入った茶碗《ちゃわん》を渡《わた》した。

「落ちついて話してごらん。ヘジョがどうしたというの？」

「今朝起きたら、ヘジョがいなくなっていました」

「家を出たかもしれないということ？」

　ソンジンがうなずく。

　ヘジョにはなにか用事があって、ちょっとだけ出かけたのかもしれないよなどと、気休めが言える状態ではなかった。

　巧は、昨年の秋に仕立屋の近くで見た光景を思い出していた。日本人の若《わか》い男性といっしょにいたヘジョには、気軽に話しかけられない親密《しんみつ》な空気がただよっていた。

　ソンジンは出された水を一気に飲みきった。

「先生、ヘジョは日本人の男とつきあっていたんです」

　しょんぼりとうなだれたソンジンが、ぽつりぽつりと語りだした。

　ヘジョの相手は商社に勤《つと》める男で、仕立屋の客だったそうだ。

「先月、その男がきて、ヘジョと結婚《けっこん》したいと言いました。東京に転勤《てんきん》になったので、ヘジョを連れていきたいとも……」

ソンジンの話は最後まで聞かなくても、そのあとのことは想像できた。ソンジンのことだ。猛烈《もうれつ》に反対して聞く耳を持たなかったに違《ちが》いない。

巧《たくみ》はソンジンの背中《せなか》をやさしくなでつづけた。

「ソンジン、きみはどうしたいの」

「ヘジョに帰ってきてもらいたい……」

「その日本人、悪い男だったの?」

「いえ、それほど悪いやつには見えませんでした。でも、朝鮮《ちょうせん》をこんなふうにした日本人です。我々《われわれ》朝鮮の人間をこき使って自分たちがもうけることしか考えない商社の人間です。ヘジョは、ぜったいに幸せになれません」

巧は憔悴《しょうすい》したソンジンを前にして、けんめいに祈《いの》った。ソンジンとヘジョのためになにができるのか、自分が今なにをすべきかと。

ヘジョがいなくなって一週間ほどしたある日、巧の元に葉書《はがき》が一枚《まい》配達されてきた。東京にいるヘジョからだった。

仕事から帰ったときのことで、辺りはもうたそがれている。巧は急いで部屋の明かりをつけた。

ハングルで書かれた葉書《はがき》には、こうするしかなかったと決意のほどがしたためられ、今は相手の男性といっしょに住んでいるとあった。相手の家族が許してくれるまで、仕立ての仕事をしながら待つつもりだともある。最後に兄を心配して、よろしくたのむと書きそえてあるのが、いかにもヘジョらしかった。

短い文面ながら、ヘジョは幸せに暮《く》らしているようだった。ただ、気がかりなのは住所が書いてなかったことだ。ソンジンに知られたくなかったのだろう。

巧《たくみ》は夕食もとらずに、ヘジョからの葉書を持って家を出た。

ソンジンを訪《たず》ねて彼《かれ》を外に連れ出すと、小さな食堂に誘《さそ》った。いっしょに食事をしながら、ソンジンの気持ちが穏《おだ》やかなのを確認《かくにん》してから、さりげなく聞いてみた。

「ヘジョから、なにか言ってきた?」

「いいえ、なにも」

「ソンジン、かっとならないって、約束ができる?」

ソンジンの顔色が変わった。箸《はし》を置いて巧を凝視《ぎょうし》する。

「はい、約束します。ヘジョのことですね。どうぞ話してください」

巧が差し出した葉書を、ソンジンは何度も何度も読み返した。

ソンジンはかっとなるどころか、いつもよりも落ち着いて見える。ヘジョが去ってから時間が立ち、ソンジンもそれなりに現状を受け入れたのだろう。もしかしたら、もうすでにヘジョを許しているとも考えられる。

巧《たくみ》がかすかな期待を抱《いだ》いたとき、ソンジンが背筋《せすじ》を伸《の》ばして巧にたずねた。

「先生、東京はどれぐらい広いですか？　京城《けいじょう》ぐらいですか？」

「比べものにならないよ。広さも人の多さもね」

「東京の端《はし》から端まで探《さが》したら、ヘジョはどれぐらいで見つかるでしょう」

「きみが一生かかっても、個人の力では探し出せないと思う。第一、きみは相手の住所も知らないのでしょ？」

「それは、まあ……」

ソンジンの気性《きしょう》をよく知っているヘジョは、相手は日本人で商社に勤《つと》めているとしか言ってなかった。仕立屋の主など、ヘジョが日本人とつきあっていたことさえも知らない。そんな主人につめよって、なぐりかけたこともあったと、巧は聞いている。

そればかりか、ソンジンは日本の商社のいくつかを訪《たず》ねて暴言を吐《は》き、いずれの会社でも、その場で道路に放り出されたという情報も得ていた。

しばらくはソンジンの思うようにしなければ気が済《す》まないだろうと、巧ははらはらしながら遠くからながめているしかなかった。

巧《たくみ》はうつむいてしまったソンジンを無視《むし》して、今聞いておかなければならないことを整理していた。

ソンジンには言ってないが、ヘジョの相手がどこの会社の誰《だれ》かはもう突《つ》き止《と》めてあった。親元の住所も知っている。現在の住居とは違《ちが》うかもしれないが、親の家と勤《つと》め先がわかっているのだ。その気になりさえすれば、ヘジョに会うことはできる。

巧も朝鮮《ちょうせん》にきて長い。総督府《そうとくふ》の役人だけでなく、事業家や会社員の知人も多いのだ。

言葉をなくしているソンジンの肩《かた》を、巧がぽんとたたいた。

「大事なことを聞くね。きみはヘジョを許すの？　ヘジョが決めた相手を受け入れるの？　まずはそこからだよ」

ソンジンはつらそうに顔をゆがめたまま、なにもいわない。

「ヘジョがどんなに賢《かしこ》くてしっかりしているか、おれたちはよく知っているよね？」

ソンジンがこくっとうなずく。

「ヘジョを信じようよ。あのヘジョだよ。まちがった選択《せんたく》をするわけがないよ」

ソンジンはうつむいたままだ。

「きみが受け入れるなら、ヘジョのいるところを調べておくけど、どうする？」

ソンジンがくいっと顔を上げて、巧をにらみつけた。憎《にく》しみをあらわにした険しい目つきで、初めて会ったときでさえ、こんな目はしていなかった。日本への憎悪《ぞうお》が両目から吹《ふ》き出している。

巧《たくみ》はソンジンと対峙《たいじ》したまま、心の中で恥《は》じ入っていた。自分は彼《かれ》にとって特別な日本人だと、どこかであぐらをかいていたように思う。自分だけは許されていると、ソンジンを侮《あなど》りながら傲慢《ごうまん》になっていた。

心ははげしく揺《ゆ》れていたが、巧はソンジンの燃えるような目からひと時も目を離《はな》さなかった。今は私情《しじょう》よりもヘジョのことを優先《ゆうせん》させなければならない。

沈黙《ちんもく》は巧が破った。

「ヘジョを受け入れる用意ができたら、また会おう」

巧が立ち上がるのと同時に、ソンジンは食堂から飛び出していった。

いくら待っても、ソンジンは巧の家を訪《たず》ねてこなかった。養苗《ようびょう》の仕事で顔を合わせることがあっても、たがいに必要なことを伝え合うだけだった。

ソンジンの怒《いか》りが理解できても、巧にはどうすることもできない。

巧は心のどこかで神に揺《ゆ》さぶられていると感じている。おまえはどうするのだという声が聞こえてきそうだった。「みこころのままにわたしをお使いください」としか祈《いの》れなかった。神は常に自分にとって最善《さいぜん》をなしてくださると信じている。

政治を動かす運動もできず、反旗を翻《ひるがえ》すこともできない。ひたすら朝鮮《ちょうせん》の人々や野山に寄《よ》りそっていくしか、自分には能力がないと思い知らされる。朝鮮が今よりよくなるために、自分にできることをやろう。それしか方法がないと。

ソンジンからヘジョへの思いについてなにも話してもらえないまま、ひと月以上がたってしまった。

あるとき、ヘジョたちが暮《く》らしているところを確認《かくにん》しておいたほうがいいと気づき、明日にでも商社に詳《くわ》しい知人を訪《たず》ねようとしているところに、とんでもないニュースが入ってきた。関東大地震《だいじしん》である。

一九二三年（大正十二年）九月一日土曜日、十一時五十八分、関東地方を大地震が襲《おそ》った。東京、神奈川を中心に、千葉、茨城《いばらき》、静岡《しずおか》などに大きな被害《ひがい》をもたらした。百九十万人が被《ひ》災《さい》、十万五千人余が死亡《しぼう》あるいは行方《ゆくえ》不明になったとされる。

地震の発生時刻《じこく》が昼食の時間帯と重なったため、かまどの火などから家屋が次々に炎上《えんじょう》し、そこへ台風の影響《えいきょう》で強風があったことから、たちまち火の海になってしまった。消火活動が追いつかず、結局鎮火《ちんか》できたのは三日の十時ごろだった。

朝鮮にもこのニュースはすぐに伝わり、人々は内地の肉親や知人を思って不安な時間を過ごした。

巧《たくみ》は事務室にいて、昼休みに仕事仲間と将棋《しょうぎ》をさしているときに知った。職場はたちまち大騒《おおさわ》ぎになった。山梨《やまなし》にいる園絵《そのえ》たちが心配だった。東京のヘジョたちは無事だろうかと気持ちが焦《あせ》った。

関東一円を巻きこんだ大地震《だいじしん》としか聞いていないのに、職場の中だけでも話がどんどん大きくなっていく。

東京は壊滅《かいめつ》状態で、生きている人はいないとか、火事は広がる一方で、東京も神奈川も火の海になっているとか、噂《うわさ》が噂を呼《よ》んで、なにがなにやらわからない。

「浅川《あさかわ》先生」

大きな声といっしょに飛《と》びこんできたのはソンジンだった。

「ヘジョは、ヘジョは大丈夫《だいじょうぶ》でしょうか?」

巧にはなにもこたえられなかった。

詳《くわ》しいことはまだわからないと、ソンジンだって知っているはず。それなのに、

「先生、ヘジョは、心配ありませんよね」

と、繰《く》り返す。

「もう少し待ってみよう」

いいながら、巧はどこへ行ったら確かな情報が得られるだろうと考えをめぐらした。新聞社

だと思いついた。

「ソンジン、行くぞ」

ソンジンの手をつかんで事務室を出ると、巧《たくみ》は東亜《とうあ》日報社を目指した。一九二〇年に創立《そうりつ》したこの新聞社は、宗悦《むねよし》の講演会や夫人の兼子《かねこ》のコンサートの取材依頼《いらい》があったとき、巧が窓口《まどぐち》になったこともあって、知り合いの記者もいた。

ところが、ふたりが新聞社に着いたときには、もう建物の周りに日本人があふれていた。

「ソンジン、ここで待っていてくれ」

ソンジンを外に残して、巧は人垣《ひとがき》をかいくぐって受付までたどりついたものの、新しいニュースを得ることはなかった。新聞社でさえも、わずかな情報しかまだ集められていない。

火災が収まったころからやっと被災地《ひさいち》の様子が少しずつ報道されるようになったが、詳細《しょうさい》は依然《いぜん》としてわからない。とにかく多くの人が亡《な》くなって、東京は首都の機能を失いかねない状態だという。

巧が次に訪《おとず》れたのは総督府《そうとくふ》だ。宗悦の義弟《ぎてい》である今村は総督府の高官で、会えさえすれば、確かな情報が得られるはずだった。はたして、面会までに多少の時間は要したが、彼《かれ》はかなりのことをすでに知っていた。

柳《やなぎ》宗悦と家族が無事であることがわかり、園絵《そのえ》をあずかってもらっている政歳《まさとし》の家の辺りまで揺《ゆ》れて火災が発生したりもしたが、大きな被害《ひがい》を受けていないと知った。

一方、ソンジンはヘジョの消息を知るためにも、どうしても東京へ行くと言いはる。巧《たくみ》は交通機関が途絶《とだ》えた東京に行っても、身動きができないと言い返すしかなかった。

巧はヘジョの交際《こうさい》相手が勤《つと》めていた商社を訪《おとず》れて、東京の住所を聞き出そうとするが、「わからない。あとにしてくれ」の一点張りでらちがあかない。商社も地震《じしん》の影響《えいきょう》が大きく、内部の処理《しょり》で手いっぱいだった。

被災状況《ひさいじょうきょう》の詳細《しょうさい》が伝わってきだしたころ、商社から巧に連絡《れんらく》があって、きてくれと言う。急いでかけつけると、総務課長がじきじきに対応してくれた。

「おたずねの者ですが、東京転勤《てんきん》になったひと月後に退職していました。親御《おやご》さんともいろいろあったようで……」

そこで言いよどむ相手に、巧は、なんでもいいから教えてほしいと、たのみこんだ。

話によると、朝鮮《ちょうせん》の女性を連れて帰ったことで親から勘当《かんどう》され、その後仕事もやめたので、今の彼《かれ》の住所はわからないそうだ。

巧は総務課長に、親の住所を書いた紙を見せながら、おそるおそるたずねた。

「もしかして……」

巧がはっきりと言葉にする前に、総務課長が言葉を継《つ》いだ。

「そうです。この辺り一帯、焼け野原になっているそうです」

巧《たくみ》はソンジンにどう伝えようかと迷ったが、結局聞いたままを話した。

ソンジンが頭を抱《かか》えてうずくまった。

「わたしのせいですね。こんなときに、妹の住所を知らないなんて……ヘジョの相手を受け入れればよかった。気持ちよく東京へ送り出してやったらよかった……」

「自分を責めるなよ。反対したきみの気持ちも、よくわかる。それに、人生になにが起こるかなんて、誰《だれ》にもわからないし、防ぎようがないと思うよ」

「それでも、わたしはやっぱり、間違《まちが》っていました」

静かに語るソンジンは、もう「東京へ行く」とは言わなかった。焼け野原になったところで、やみくもにヘジョを探《さが》し出そうとしても、うまくいかないと思ったのだろう。もう少しいろいろなことがわかってから、改めて東京へ行くことを考えるというソンジンは、落ち着きはらっていた。

さらに数日が過ぎたある日、山梨《やまなし》の政歳《まさとし》から待ちに待った手紙が届《とど》いた。今回の震災《しんさい》について詳《くわ》しく書かれていたが、なによりおどろいたのは、次の一文だった。

『火事は、朝鮮人《ちょうせんじん》が放火したという噂《うわさ》が飛《と》び交《か》っている。噂を信じた東京や近郊《きんこう》の日本人たちがいきりたって、朝鮮人を見たら皆殺《みなごろ》しにするとさわいでいるらしい』

なんということだろう。巧《たくみ》は真偽《しんぎ》のほどを確かめたくて、総督府《そうとくふ》の今村を訪《たず》ねた。

「実は、まだ発表していないのだが……」

と前置きした今村は、朝鮮人《ちょうせんじん》が放火したとか、井戸に毒を流したとかの噂《うわさ》が一気に広まり、手がつけられない状況《じょうきょう》になっていると話す。しかもデマを流したのが日本軍、警察《けいさつ》、自警団らしいと聞いて、巧はがくぜんとした。あまりにもひどすぎて、言葉にならない。

朝鮮人を理由もなく蔑視《べっし》したり憎悪《ぞうお》する日本人がいかに多いかを知り、巧は強く恥《は》じいった。

このとき、日本人による朝鮮人の虐殺《ぎゃくさつ》は六千人以上ともいわれている。

ソンジンの東京行きは、またしても先に延ばされた。ようやくヘジョの結婚《けっこん》を認《みと》めたいと思いはじめたソンジンにとって、震災後《しんさいご》の朝鮮人虐殺のニュースは衝撃《しょうげき》だった。

巧は巧で、ソンジンの気持ちがまた閉《と》ざされないようにと、祈《いの》るしかなかった。

混乱《こんらん》した日本政府も、事態はすでに放置できる状態ではないと判断して、朝鮮人の保護にのりだした。しかし、保護する対象を「良鮮人のみ」と条件づけるなど、いいかげんな対応だった。

東京の朝鮮人虐殺の事件は、朝鮮の新聞でも大きく取り上げられ、心ある日本人たちを辛《つら》くさせた。

通勤に利用する電車の中で、刺《さ》すような視線《しせん》を感じることがたびたびあった。気のせいばかりでなく、朝鮮人《ちょうせんじん》が無言で巧《たくみ》をにらみつけるのもめずらしいことではない。あからさまに日本人を非難《ひなん》したり暴言を吐《は》かずに、彼《かれ》らはひたすらじっとにらみつける。日本人を相手にさわぎたてても、自分たちにとってよいことはなにもないとわかっているからだった。

巧は役所への行き帰りに、朝鮮人と目を合わせづらくて、気がつけばうつむいて歩いていた。

仕事帰りに駅に降《お》り立ち、酒屋の前を通り過ぎようとしたところ、巧の背中《せなか》を誰《だれ》かがつついた。振《ふ》り向くと、酒屋の親父《おやじ》だった。

「先生、元気がないねえ」

「ええ？　そうかなぁ」

「このごろ、おかしいよ。ちっとも酒を買いにこないし、楽しそうじゃないし。みんなが心配しているよ。病気じゃないかって」

親父が言うみんなとは、この辺りの朝鮮人たちのことだ。百姓《ひゃくしょう》も雑貨屋も行商人も、巧と顔見知りの人ならみんな友だちになっている。

「先生、どうしたの？」

「どうしたって……震災《しんさい》のあと、朝鮮の人たちがひどいめにあったからねえ……、申しわけなくて……」

親父が巧《たくみ》の背中《せなか》をどんとたたいた。

「先生、しっかりしてよ。先生は日本をひとりで背負《せお》っているみたいだねぇ」

「まさか。そんなつもりはないけど……」

「先生は先生だよ。日本人でも朝鮮人《ちょうせんじん》でも、どうでもいい。ただの、浅川《あさかわ》先生。それだけだよ」

「ありがとう」

悪いことをした罪人が、被害者《ひがいしゃ》に慰《なぐさ》められているようだった。

さらに親父《おやじ》は、みんなからだよと、マッコリを小さな瓶《かめ》ごと渡《わた》してくれた。

「こんなにしてもらって、いいのかなぁ」

つぶやく巧に、親父がまじめな顔でこたえる。

「先生に贈《おく》り物ができるって、みんな喜んでいるんだ。ひとりじゃ無理だったけど、みんなとなら、先生になにか買ってあげられるって。そりゃあ喜んでいるんだ」

「ありがたいねぇ」

「あはは、先生も同じこといってる。みんなと同じことを」

巧はかつて、行商人から、売れ残った野菜をすべて買い取ったことがあるし、農作業の収《しゅう》穫時《かくじ》に、人手がなくて困っているとき、無償《むしょう》で何度も手伝ったこともある。女性が頭にかごをのせて、卵や魚を売りにきたとき、相場よりも高額を示して買ったこともあった。いずれのときも、人々への哀《あわ》れみではなく、ここに神さまがいたらどうなさるだろうと考えて、巧《たくみ》が自分自身のために選んだことである。

巧は今、東京へ行くソンジンにつきそってくれる日本人を探《さが》していた。自分が同行できたらいちばんいいのだが、仕事が山積していて身動きできない。東京にいる伯教《のりたか》の知人に打診《だしん》して、返事を待っているところだった。

昼休みの間に苗床《なえどこ》の調査をしておこうと事務室を出たところで、ソンジンと鉢合《はちあ》わせになった。

よほどあわてていたのか、ソンジンは肩《かた》で息をつぎながら呼吸《こきゅう》を整えている。

「どうした？　水を持ってきてあげようか？」

行きかけた巧の袖《そで》をソンジンが引いて止める。

ソンジンはまだはげしい呼吸のまま、だまって後ろを指さした。

ソンジンの後方、廊下《ろうか》の端《はし》にヘジョがいた。汚《よご》れた衣服をまとって、髪《かみ》の毛も乱《みだ》れたままのヘジョは、巧が知っていたヘジョとは別人だった。道ですれ違《ちが》っても気づかないほどの変わりようだった。そしてヘジョのかたわらには、いつか見たことのある日本人の男性が、やはり、疲《つか》れきった様子でたたずんでいた。

ふたりを見ただけで、彼《かれ》らが過ごした時間がどのようなものであったか、瞬時《しゅんじ》に理解できた。

状況《じょうきょう》を説明しようとするソンジンを、巧《たくみ》は制した。

「ソンジン、すぐに家に帰りなさい。上の人には、わたしから伝えておくから」

ヘジョをソンジンがだきかかえながら、相手の男性に「行きましょう」と日本語で語りかける。

たがいにいたわりあいながら遠退《とおの》いていく三人の姿《すがた》を、巧はいつまでも見送っていた。

十四　祝福

一九二四年（大正十三年）三月。巧はついに樹木《じゅもく》発芽の最も困難《こんなん》だった実験を成功させた。

種子の発芽実験は、今までにもさまざまな方法を試みて、チョウセンカラマツやチョウセンマツなど、多くを成功させてきたが、今回の実験はそれまでの試行とは格段《かくだん》に違《ちが》う。なんといっても朝鮮《ちょうせん》の山に適した樹木でありながら、きわめて発芽率《りつ》の低い種子を、確実に発芽させ、

成長をうながすことができる画期的な方法だった。

露天埋蔵法《ろてんまいぞうほう》と名付けられたこの方法は、従来《じゅうらい》のように屋内で育てたり、風雨を防いだりしないで、自然の中で育てる方法だった。自然の中といっても、自然に任せきりの放置ではない。発芽条件に合う季節を選んで土に砂《すな》を混ぜたり、種を埋《う》める深さを調節したり、種と種の間の長さを考慮《こうりょ》したりする。

まず、十五センチぐらいに穴《あな》を掘《ほ》って種をまき、上に三センチほどの土を置く。さらに土の二倍ほどの落ち葉を重ねる。そうすることによって、風や雨や雪や霜《しも》を、自然のまま種に作用させ、土の中で種をいったん凍《こお》らせるのだ。凍った種子の殻《から》は自然に壊《こわ》れるというのが、大事な鍵《かぎ》だった。固い殻のついた種子は、そのままいても発芽しないが、殻の壊れた種子なら普《ふ》通《つう》に発芽する。朝鮮《ちょうせん》の山の寒さが再現できるように配慮《はいりょ》しながら、発芽によい環境《かんきょう》をよく調《ととの》え、あとは自然に任せるということだろう。

露天埋蔵法《ろてんまいぞうほう》は、発芽率を上げただけでなく、促成《そくせい》にも役だった。

巧《たくみ》は林業試験に関する仕事で多くの成果を収めたが、この露天埋蔵法は最も評価される偉《い》業《ぎょう》だった。当時としては、世界的な発明だったといわれている。

そして四月九日、柳宗悦《やなぎむねよし》や巧の念願だった朝鮮民族美術館が開館した。

総督府《そうとくふ》の庁舎《ちょうしゃ》は、京城《けいじょう》にある朝鮮《ちょうせん》王朝の王宮だった景福宮《キョンボックン》の敷地内《しきちない》に置かれている。朝鮮民族美術館は、この景福宮《キョンボックン》の一部である緝敬堂《チョギョンダン》が借り受けられて開館できることになった。

ここ数年、あちこちの会場を借りて断続的に開催《かいさい》してきた美術展だったが、これからは同じ場所でいつでも作品を展示《てんじ》できる。

会場の入り口で、宗悦《むねよし》が感慨深《かんがいぶか》そうに巧《たくみ》を見た。

「巧さん、お疲《つか》れさまでした。あなたのおかげです」

「言葉をそのままお返しします。柳《やなぎ》さんの行動力が招いた結果ですよ」

ふたりはたがいに相手の功績だと信じている。

宗悦が会場を見わたして、くすっと笑う。

「灯台もと暗し……とは、よく言ったものです。まさか、総督府のあるところにねえ……」

「ほんとうに。ここに美術館ができるとは想像もできませんでした」

当初、総督府は「民族」の二文字に反応し、これをはずすように要請《ようせい》してきたが、宗悦も巧もがんとして応じなかった。

この時期は、帝国《ていこく》主義時代の植民地を争うという側面もあった第一次世界大戦（一九一四年〜一九一八年）のあとで、世界的に民族意識が注目されるようになり、植民地の独立をうながす動きが世界各地で見られるようになった。こうした世界の動向もあって、総督府は民族という言葉に敏感《びんかん》にならざるを得なかった。民族の一語が、朝鮮《ちょうせん》民族の民族意識を目覚めさせるのではないかと、おそれていた。

宗悦《むねよし》と巧《たくみ》は、総督府《そうとくふ》の「民族」を除《のぞ》くようにという要望を承諾《しょうだく》したら、補助金《ほじょきん》があるらしいと気づいていても、受け入れることはできなかった。ふたりにとって朝鮮民族にこだわることが大事だった。

開館後の美術館は、春秋の二回定期的に展覧会《てんらんかい》を開催《かいさい》することとし、それ以外には希望者があったとき鍵《かぎ》をあずかっている巧が会場を開けることにした。

宗悦が展示品の水注《すいちゅう》を取り上げて、自分の手のひらにのせた。

「巧さん、こんなにいい子どもたちを手放してしまって、さびしいでしょう？　もっとも、あなたの子どもたちが集まってくれなかったら、開館できなかったかもしれませんが」

「いいえ。子どもたちも、いい居場所が与《あた》えられて喜んでいると思います」

「いかにもあなたらしい……」

ふたりが子どもにたとえたのは、巧が寄贈《きぞう》した展示品《てんじひん》のことだった。折に触《ふ》れて巧が収集した品々のほとんどが会場に展示されている。このとき、巧が美術館に寄付した作品は三百点を超《こ》えていた。身近に置いていつもながめていたい作品のいくつかを残しただけで、すべて美術館へ送りこんだ。

「巧《たくみ》さん、もういっぺん言わせてもらいますよ」

宗悦《むねよし》が前置きして巧に語りかける。

「あなたは朝鮮《ちょうせん》の文化について、書き残すべきです。好きで集めた膳《ぜん》のことも、焼き物のことも、あなたにしかわからない世界があるのですから、書いて、残してください」

身に余る言葉を聞いて、巧ははにかんだ。

「わたしは柳《やなぎ》さんのように学者じゃありませんから。ただの素人《しろうと》が、ただ好きなだけですよ」

「あなたにはちっともわかっていない。あなたの知識はすでに素人の域《いき》を超《こ》えています。私個人が、読みたいのですよ。朝鮮《ちょうせん》の民族が築いてきた文化にもっと触《ふ》れたいのですよ」

「わたしなんかにできるんでしょうか」

「なにをいまさら。林業についての論文《ろうぶん》はあんなにたくさん書かれているじゃありませんか。巧さんなら大丈夫《だいじょうぶ》、きっといい文章をお書きになると思いますよ」

「そうでしょうか……」

あいまいな返事をしながら、巧は自分の可能性を示された気がして、少しだけその気になった。

実を言うと、創作とも随筆《ずいひつ》ともつかないような文章を以前からたびたび書いている。誰《だれ》に見せるともなく、心が動くまま素直《すなお》に綴《つづ》ったものだ。

巧《たくみ》はもともと文章を書くのが好きだった。絵を描《か》くのも好きで、買い集めた品々のほとんどはスケッチして、たまには色付けもしている。

絵は自信がないが、文章なら、人に読んでもらえるひとつの作品として仕上げられるかもしれない。

「やってみようかなぁ」

つぶやく巧の背中《せなか》を、宗悦《むねよし》がぽんとたたく。

「楽しみにしていますよ」

巧は新たな可能性を前にして、ひそかに心をおどらせた。

展覧会の初日を無事に終えたふたりは、館が閉《と》じるのを待って町にくりだした。美味《おい》しいものを食べながら飲む酒は最高だ。宗悦なら、これ以上の相手はない。

終電車に乗って駅に着くと、巧はお気に入りの並木道《なみきみち》をゆらりゆらりと歩いていった。

今日一日のなんと長く充実《じゅうじつ》していたことか。信頼《しんらい》できる友と掲《かか》げた夢を追いつづけ、実現できた喜びは大きい。こんな夜は、誰《だれ》かといっしょにいたいと思う。家に帰っても、話す相手がいないことが、いつになくせつなかった。

山梨《やまなし》にいる園絵《そのえ》を思った。

園絵は今、なにをしているだろう。園絵の様子は、政歳《まさとし》がまめに知らせてくれる。園絵の従《い》兄弟《とこ》たちと元気に遊んでいることや、ときにけんかをして園絵《そのえ》の強情《ごうじょう》ぶりが発揮《はっき》されたことなどが目に見えるように描写《びょうしゃ》されていたりする。

（園絵がここにいたらなぁ……）

家に帰って、その日のことを話したかった。友だちでも同僚《どうりょう》でもなく、家族がいたらどんなにいいだろうと思う。特に今日のように特別な一日を過ごしたあとは、余韻《よいん》の残る話題がいっぱいあって、誰《だれ》かに話したくてたまらない。呼吸《こきゅう》をするように、思いつくまたわいのない話ができる相手に、家族以上の存在《そんざい》はない。

巧《たくみ》はときおり内地に出張するが、できるだけ時間を作って園絵に会いにいく。それはそれでうれしいことではあるが、家にいて、話したいときに話せるわけではない。

園絵が恋《こい》しかった。明日にでも、園絵が好きそうな菓子《かし》などを箱に詰《つ》めて送ろうと思う。

家までの並木道《なみきみち》を歩いていると、あまりにも静かで、あまりにも美しくて、この道の先は天国につづいていると錯覚《さっかく》してしまう。立ち止まって、中天に上がった月を見上げていると、からだがすーっと浮《う》き上がって、そのまま天国に行けそうだった。神のいる天国で、祖父の伝《でん》右衛門《えもん》やみつえは元気にしていることだろう。

一九二五年（大正十四年）七月、巧は柳宗悦《やなぎむねよし》夫妻や河井寛次郎《かわいかんじろう》らと京都にいた。

宗悦《むねよし》は関東大震災《だいしんさい》のあと京都に移り住んでいて、京都の陶芸家《とうげいか》、河井寛次郎《かわいかんじろう》と親しくなっていた。

河井寛次郎は三十五歳《さい》で、宗悦より一歳若《わか》く巧《たくみ》より一歳年上だった。

寛次郎は陶芸の世界ではめずらしく師匠《ししょう》を持たない陶芸家だった。陶芸を科学的に研究し、難《むずか》しい技巧《ぎこう》を駆使《くし》した華《はな》やかな作品を発表して時の人にもなったが、柳《やなぎ》宗悦の集めた朝鮮《ちょうせん》の陶磁展《とうじてん》「朝鮮民族美術展」（一九二一年、日本で初めて開催《かいさい》）を鑑賞《かんしょう》したあと、大きな衝撃《しょうげき》を受けて、一時制作を中断した。朝鮮の無名の陶工《とうこう》が作り出す作品は簡素《かんそ》で美しく、深い感銘《かんめい》を受けたのだった。

寛次郎は「自分の作品はきらびやかな衣装《いしょう》であったり女性の化粧《けしょう》みたいなものだ。中身はどうなっているんだろう。心はどこに表現されているだろう」と、連日悩《なや》みぬいた。

寛次郎は宗悦が説く「用の美」に感銘し、陶器なども使われることによって発揮《はっき》される健康的な美しさという美意識に共感し、以後は実用的な陶器制作を新たな目標とした。

宿に入ってから、焼き物や工芸品などについて、みんなでひとしきり話したあと、宗悦の妻の兼子《かねこ》がとうとつに切り出した。

「巧さん、結婚《けっこん》なさいませよ」

宗悦が大きく相づちを打った。

「それがいい。再婚《さいこん》を勧《すす》めたいねえ」

寛次郎《かんじろう》までが、真顔でいう。

「人間はひとりじゃないほうがいい。特に男はね。再婚に大賛成ですよ」

「ちょ、ちょっと、待ってください」

巧《たくみ》だけが意外な成り行きにうろたえていた。

寛次郎があぐらから正座《せいざ》に座《すわ》り直して巧に話しかけた。

「わたしの妻の従姉妹《いとこ》に大北咲《おおきたさく》という娘《むすめ》がいます。しっかりものですがでしゃばらず、なかなかによい娘です。彼女《かのじょ》なら巧さんの奥《おく》さんとしても園絵《そのえ》ちゃんの母親としても、じゅうぶんやっていけると思っています」

柳《やなぎ》夫妻はもう大北咲とも顔馴染《なじ》みになっていて、巧にふさわしい人だと太鼓判《たいこばん》を押《お》してくる。

亡《な》くなったみつえが思い出されて、申しわけない気持ちが巧の胸《むね》の奥《おく》にあふれていく。

巧のそんな気持ちを見すかしたのか、宗悦《むねよし》が巧の肩《かた》に手を置いた。

「われわれは生きて、前に進まなければなりません。あのみつえさんなら、きっと喜んでくれるはずですよ」

このとき、巧は宗悦の言葉に「そうかもしれない」と、素直《すなお》にうなずいていた。みつえが亡《な》くなってからの時間の長さがそうさせたのか、宗悦《むねよし》の巧《たくみ》を思う気持ちがそうさせたのかはわからないが、家族とともに暮《く》らす様子を想像する巧に、じんわりとうれしさがこみ上げてきた。

この年、巧は見合いを経《へ》て十月二十日に大北咲《おおきたさく》と結婚《けっこん》した。巧は三十四歳《さい》、咲は三十二歳の秋で、結婚式は京都で行われ、柳《やなぎ》夫妻の媒酌《ばいしゃく》のもと執《と》り行われた。

親しい友人たちが集まっての結婚式は、形式ばらずに、みな平服で和気あいあいと進められた。参加した人は誰《だれ》もがふたりの結婚を心から喜んでいた。

巧はこれから園絵《そのえ》を連れて京城《けいじょう》にもどる。咲が旅立ちの用意をする間に、ふたりで咲を迎《むか》える準備をしようと思う。

これからはいつも園絵の顔を見ていられると思うだけで胸《むね》が熱くなった。娘《むすめ》といっしょに咲を待つことができる幸せを、巧はしみじみとかみしめていた。

職場の近くに官舎があって、咲や園絵と暮《く》らす新しい住まいをそこに決めた。煉瓦《れんが》建てで内部は和風になっているがんじょうな建物だった。

十五　永遠

一九二六年（大正十五年）は、巧《たくみ》にとって忘《わす》れがたい年だった。

この年、柳宗悦《やなぎむねよし》は、河井寛次郎《かわいかんじろう》、富本憲吉《とみもとけんきち》、バーナード・リーチなどといっしょに、「民《みん》藝《げい》」の運動をおこした。民藝とは民衆《みんしゅう》的工芸のことである。暮《く》らしの中で使われてきた手仕事の日用品には、簡素《かんそ》で健康的な美しさがあるといい、それを宗悦はかねてより「用の美」と表現していた。民衆が利用する日常的工芸品を、広く世に紹介《しょうかい》しようとする日本独自の運動だった。

宗悦は近い将来《しょうらい》、日本に民藝館を造ると言っている。彼《かれ》が朝鮮《ちょうせん》で買い集めた焼き物、木工、衣類などはいずれ展示《てんじ》されるだろうし、巧が知っている陶芸家《とうげいか》たちは、「民藝」の名にふさわしい作品を作っていくことだろう。

同じ年の十一月、咲《さく》は園絵《そのえ》の妹を出産した。しかし、咲が出産直前に病気をしたことが災《わざわ》いしたのか、赤子は園絵のときのようにはいかなかった。

巧《たくみ》は赤子を腕《うで》にだいて、「どうぞ命を与《あた》えてください」と、祈《いの》りつづけた。

赤子の脈は、確かにあった。弱いながらも脈を打っているのに、なぜか呼吸《こきゅう》をしないのだ。

「たのむから、泣き声を上げておくれ」

何度も赤子に語りつづけたのもむなしく、やがて生まれたばかりの我《わ》が子は、巧の腕《うで》の中で冷たくなっていった。

園絵《そのえ》は、声を押《お》し殺して泣いている咲《さく》にだきついていくと、今までに出したこともないような大きな声を上げて泣きじゃくった。

「お母さん、泣かないで」

咲をいたわる園絵の姿《すがた》を見て、大人たちは涙《なみだ》を流していた。

翌日《よくじつ》、自宅近くの共同墓地に埋葬《まいそう》された赤子の墓標に、兄の伯教《のりたか》が「天使の人形の墓」と記した。まだ命名前の死だったからである。

そして、十二月二十五日、クリスマスを祝っているところに大正天皇が崩御《ほうぎょ》したとのニュースが入った。翌二十六日から、元号は大正から昭和に変わった。

一九二九年（昭和四年）四月、巧は朝からそわそわとして落ちつかなかった。こういう時の巧はまるで少年みたいで、とても三十八歳《さい》のおじさんとは思えなかった。

咲《さく》が外出用の朝鮮服《ちょうせんふく》を持ってきて、巧《たくみ》の前に置いた。

「約束の時間まで、まだたっぷりありますよ。どうぞきれいな服に着替《きか》えてください」

巧は今着ている着慣れた朝鮮服をながめわたした。

「服はいい。これでじゅうぶんだよ」

咲はすでに着替えが終わっていて、若草《わかくさ》色の小紋《こもん》に黒っぽい羽織を着ている。

「わたしはよそ行きの着物を着ました。普段着《ふだんぎ》のほうがよかったでしょうか?」

巧ははっとしたように咲の顔を見てから、着物にも目を注いだ。

咲は整った顔立ちの美しい人だ。若いころから茶道《さどう》に親しんできたこともあって、立居振舞《たちいふるまい》にむだがなく、静かな動きが美しかった。

地味な着物を着て家事をしている咲もいいが、やはりよそ行きの着物を着た咲はいつにもましてきれいだった。着物の着方がいいのか、咲の立ち姿《すがた》は遠くからでも咲とわかるくらいにすっきりとしていて、高貴《こうき》な感じさえもした。

「きれいだねえ……」

見とれる巧の胸《むね》を咲が恥《は》ずかしそうにつつく。

「自分の奥《おく》さんにきれいだなんて……」

「奥さんでも親でも、きれいなものはきれいだよ。わかった。咲のために着替えよう。隣《となり》にいる人がむさ苦しいのは悪いからねえ」

咲《さく》がうれしそうにクフッと笑った。

「大事な人に会うのですから。きれいにしないと」

巧《たくみ》は自分の頭をぽかっとたたいた。

「そうだった。咲に気をとられて、誰《だれ》に会うのか忘《わす》れるところだった」

ふたりはこれから京城《けいじょう》の駅に宗悦《むねよし》を迎《むか》えにいく。

宗悦は欧州《おうしゅう》を経由してアメリカに渡《わた》り、ハーバード大学で講義をすることになっている。欧州《おうしゅう》へは友人とシベリア鉄道（ロシアのモスクワからウラジオストクまでを結ぶ鉄道）を利用していくので、汽車に乗る前に、京城で巧に会おうとの連絡《れんらく》があった。

この旅の途中《とちゅう》、宗悦はスウェーデンのストックホルムを訪《おとず》れていて、博物館に展示された膨大《ぼうだい》な数の民具を見ている。そのときに受けた感銘《かんめい》は、のちの「日本民藝館《みんげいかん》」の設立に反映された。

宗悦の帰国は、来年の七月ごろになる予定だった。

朝鮮《ちょうせん》半島にいる巧と内地にいる宗悦は、出会ってから毎年、年に数回以上は会っている。こんなに長い間会えなくなるのは初めてのことだった。

駅の構内で列車の到着《とうちゃく》を待つ間も、巧は落ち着きがなかった。こののち、宗悦としばらく会えないと思うだけで、胸《むね》の奥《おく》がざわついた。

咲《さく》が巧《たくみ》の袖《そで》を引いて、くすんと微笑《ほほえ》んだ。

「兼子《かねこ》さまがおっしゃるとおりですね」

「えっ？　なに？」

「おふたりは恋人《こいびと》同士のようですって」

「なにをいうか」

いそいで否定《ひてい》した巧を、咲はまたからかう。

「わたくしが京城《けいじょう》にきたときも、そんなふうに迎《むか》えてくださったのかしら？」

「もちろんだよ。いや、それ以上だったさ」

巧は咲を出迎えたときのことを思い出した。

園絵《そのえ》と手をつないで、あのときもここに立っていた。家族が得られる幸せで、どんなに心が満たされていたことか。園絵が単純《たんじゅん》に「お母さんはまだ？」と待ちこがれている様子に、どんなに安堵《あんど》したことだろう。

あのときは、ときめいている自分が恥《は》ずかしくて、けんめいに隠《かく》していた。人生のスタートを切るような晴れがましさと、家族の安定した暮《く》らしを想像してのうれしさとが入り交じった、不思議な高揚感《こうようかん》に包まれていた。妻をめとる男の喜びに、浮《う》き足立っていたところもあった。

巧は咲の耳元でそっとささやいた。

「咲《さく》を待っているときは、幸せでくらくらしていたんだ。ありがたくてね。わたしなんかのところに、よくきてくれたね。ありがとう」

咲が袖《そで》で顔を隠《かく》した。

「そんなこと、まじめにおっしゃらないで。どうしたらいいのか困ります」

巧《たくみ》はお世辞のつけない人間だと、咲はよく知っている。

「わたくしも、ありがたいと思っています」

生まれ故郷《こきょう》を離《はな》れて単身で知り合いもいない朝鮮《ちょうせん》にきた咲だったが、巧の深い愛に包まれながら園絵《そのえ》に慕《した》われる暮《く》らしは、満ち足りたものだった。

ふたりがふざけたりまじめに話したりしているうちに、宗悦《むねよし》を乗せた列車がホームにすべりこんできた。

ホームにおり立った宗悦が、改札口近くで待っているふたりに気がついた。

「巧さーん」

片手《かたて》を挙げて声を張り上げる宗悦もまた少年のように初々《ういうい》しかった。

宗悦は咲にも出迎《でむか》えの礼を言い、こちらでの暮らしはどうかと気《き》づかう。咲とのかんたんな挨拶《あいさつ》がすむと、宗悦は巧の肩《かた》をだいて、

「『朝鮮の膳《ぜん》』見事でした。すばらしい出来栄《できば》えです」

とほめちぎる。

先月、巧《たくみ》は初めての著書《ちょしょ》『朝鮮《ちょうせん》の膳《ぜん》』を出版した。長年心惹《ひ》かれるままに収集したり研究したりした膳について、自分自身の思うままの形式で、まとめたのだった。これも、宗悦《むねよし》に背《せ》中《なか》を押《お》されたからこそできたと思っている。

巧はこの本の最初に祖父、伝右衛門《でんえもん》への献辞《けんじ》を載《の》せた。

この書を祖父故四友《しゆう》先生の霊《れい》に捧《ささ》ぐ
敬愛《けいあい》する祖父よ、
生まれし時すでに、父の亡《な》かりし私《わたくし》は、あなたの慈愛《じあい》と感化とを多分に受けしことを思う。
清貧に安んじ、働くことを悦《よろこ》び、郷党《きょうとう》を導くに温情を以《もっ》てし、村事に当たって公平無私《むし》なりしその生涯《しょうがい》は追慕《ついぼ》するだに嬉《うれ》し。……

巧の人生に大きな影響《えいきょう》をあたえた伝右衛門への思いは、時がたっても住むところが異《こと》なっても、おとろえることなく、深まっていくばかりだった。

『朝鮮の膳』の冒頭《ぼうとう》で、巧は自分が抱《いだ》く工芸観を述べ、種類、歴史、製法などに触《ふ》れた。膳の用材については、林業技手である巧の得意分野で、「朝鮮の膳がもつ面の温かい味は、(地方特産）の雑木からきている」と指摘《してき》した。

宗悦《むねよし》が咲《さく》に語りかけた。

「あの本は歴史に残る名著《めいちょ》です。すばらしいところはいっぱいあるが、巧《たくみ》さんにしかできなかったすばらしいところは正しい意味で、愛しているからです。膳《ぜん》を愛し、人々を愛したからこそ生まれた名著なのです」

宗悦は、咲が深くうなずくのを満足そうに見たあと、巧に視線《しせん》を移した。

「巧さん、朝鮮陶磁《ちょうせんとうじ》についての本は、昨年、出版が座礁《ざしょう》して残念でしたけど、必ずいつか出版されますから、期待していてください」

「はい。そうねがっています」

巧は一九二二年に開催《かいさい》された朝鮮民族美術館主催《しゅさい》の展覧《てんらん》会場で講演をした。「朝鮮人が用ふる陶磁器の上の名称《めいしょう》」についてだったが、そのときから宗悦に勧《すす》められて、朝鮮陶磁器にまつわる話をまとめて出版に備えていた。講演の内容をいっそう深めて、何度も推敲《すいこう》を繰《く》り返している。

序文とあとがきを宗悦が書いていて、原稿《げんこう》は『朝鮮陶磁名考』として出版を待っている。

巧のスケッチを含《ふく》む説明図が百八十四枚、索引《さくいん》は二十二ページに朝鮮語とその訳語《やくご》がついていた。

本の話題に区切りをつけると、宗悦《むねよし》がいっしょに旅に出る友人を、巧《たくみ》に紹介《しょうかい》した。咲《さく》はすでに京都にいるときに会っているという。

その人は濱田庄司《はまだしょうじ》という陶芸家《とうげいか》で、宗悦より五歳《さい》、巧より三歳若《さいわか》かった。濱田庄司も宗悦の民藝《みんげい》運動の主導メンバーのひとりだった。

巧たちが構内のいすに座《すわ》って話しこんでいると、何人もの朝鮮人《ちょうせんじん》たちが巧を見つけてわざわざ挨拶《あいさつ》にきたりする。身なりのよい人もいるが、ほとんどは物売りや百姓《ひゃくしょう》たちだった。

宗悦が彼《かれ》らを見て、小さなため息をついた。

「巧さんほど、朝鮮人をこだわりなく受け入れる日本人もめずらしい。これは理屈《りくつ》じゃないですね」

巧が意外だという顔つきで宗悦を見た。

「柳《やなぎ》さんだって彼らを受け入れているじゃないですか。朝鮮民族美術館ができたのも、柳さんのおかげですよ」

咲が巧の言葉にうなずいた。

「わたくしも、そう聞いています」

宗悦が小さく首を振《ふ》りながら、ふたりを見ている。

「いやいや、わたしは理解しようと努力しているだけです。情けないが、それしかできないのです。巧《たくみ》さんは違《ちが》う。キリスト教の信仰《しんこう》も関係あるでしょうが……なんというか、人に対して一点のくもりもありません。こんなに差別と無縁《むえん》の人がいること自体、おどろきです。いや、違うかな？」

宗悦《むねよし》が自問している。

「巧さんには、差別などという意識そのものがないように見える。誰《だれ》に対しても同じように心を開く人など、そうそういるものではありません」

咲《さく》が宗悦に相づちを打った。

「わたくしも、そう思います」

宗悦がつづける。

「巧さんは不思議な人だ。物売りや百姓《ひゃくしょう》と同じくらい、上流階級の人たちからも愛されている。それはきっと、巧さんの気持ちが平らかだからだよ」

巧はふたりの話に、じいっと耳をかたむけていた。

「そんなふうに見ていてくださったとは、ありがたいことです」

巧は育ててくれた家族を思い、大らかな環境《かんきょう》で育んでくれた故郷《こきょう》を思った。自分を支えてくれた家族や友人たちに思いをはせ、最後に、神の導きに心から感謝した。

宗悦は次に会えるまでたがいに元気でいましょうと言い残して、再び車中の人となった。

一九三一年（昭和六年）の春先、四十歳《さい》になった巧《たくみ》は、職場の大事な柱になっている。二十三歳で就職《しゅうしょく》しているから総督府《そうとくふ》で働きはじめて十七年になる。

巧の生活は充実《じゅうじつ》していた。

林業の実験は次々に成果を出し、まとめた論文《ろんぶん》は多くの人の支持を得ている。また、現場で働く人たちにも、行政の力を借りて文書化したものが全土に行きわたり、将来《しょうらい》への展望《てんぼう》と今やるべきことがしっかり伝わっている。

仕事のかたわら手がけてきた執筆《しっぴつ》も順調に進み、昨年は『朝鮮《ちょうせん》の棚《たな》と箪笥《たんす》類《るい》について』を雑誌《ざっし》『帝国工藝《ていこくこうげい》』に発表した。今は、長い時間をかけてまとめた朝鮮の陶磁器《とうじき》についての原稿《げんこう》が出版されるのを待っているところだった。

三月中《なか》ごろ、凍《い》てついた大地に春の陽差《ひざ》しが降《ふ》りそそぎ、野山の草花がちらほらと咲《さ》きはじめた。待ちに待った春の訪《おとず》れだった。

咲《さく》と園絵《そのえ》は、朝早くから台所に立って弁当作りに余念がなかった。咲と園絵は、これから友人たちと遠足に行く。

十四歳になった園絵は、エプロン姿《すがた》が似合う少女に成長していた。

「お母さん、ゆで卵《たまご》は七個でいいかしら？」

「そうねえ。ほかにも食べ物はあるし……それぐらいでいいかしらね」

咲《さく》は炊《た》きたてのご飯に合わせ酢《ず》を混《ま》ぜて、ちらし寿司《ずし》を作っている。

園絵《そのえ》がすし飯の味見をしながら、棚《たな》に置かれた巧《たくみ》の帽子《ぼうし》に目をやった。

「お父さんがいたらもっと楽しいのに……」

咲も園絵の視線《しせん》に目を合わせた。

「ほんとうに、残念ねえ。昨日きたお手紙には、もうすぐ帰れそうだと書いてあったから、今度はいっしょに行けるように計画しましょう」

筆まめな巧は、出張先からひんぱんに便りをよこした。二月からひと月あまりも家を空けて朝鮮《ちょうせん》の各地を巡回《じゅんかい》し、巧は養苗《ようびょう》について講演している。今では、ほとんどの山林関係者が巧の考えに賛同し、どこへいっても質問攻《しつもんぜ》めにあうらしい。巧は人々から信頼《しんらい》されていた。

ちらし寿司を重箱に詰《つ》めて、リンゴやみかんをかごに入ていると、

「おはようございます」

と、ヘジョがふたりの子どもを連れてやってきた。

日本人の男性と結婚《けっこん》したヘジョは、朝鮮で新居を構えて、ふたりの子持ちになっている。夫は以前勤《つと》めていた商社に再就職《さいしゅうしょく》し、夫の両親にも数年前に結婚《けっこん》の許しを得た。

「ソンジンおじさんは？」

たずねる園絵《そのえ》に、ヘジョが外を指さした。

ひと月前に結婚《けっこん》したばかりのソンジンは、妻を気づかいながら、荷車を家の前に止めているところだった。

園絵たちは、これからソンジンの荷車に荷物をのせて、京城《けいじょう》の郊外《こうがい》へ遠足に行く。見わたす限り菜の花畑がつづいている絶景があると、ソンジンが案内役を買って出たのだ。

園絵がソンジンにかけよった。

「おじさん、今日のお弁当、当ててみて?」

ソンジンが腕《うで》を組んで考えこむ。

「おにぎり」

「はずれです」

「もしかして……」

ソンジンの目がきらっと光った。ソンジンは咲《さく》が作るちらし寿司《ずし》に目がなかった。初めて食べたとき「世の中にこんなにおいしいものがあるとは」と感動していた。

園絵が大きくうなずいた。

「はい、そのちらし寿司です」

ソンジンはうれしさを隠《かく》そうともせずに、若《わか》い妻にちらし寿司の説明をはじめた。

ソンジンは職場でなくてならない人となり、今でも巧《たくみ》の仕事を支えている。巧が提案する実験は、時には専門家から無謀《むぼう》だと認《みと》められないこともあるが、ソンジンの巧への信頼《しんらい》は絶対的で、ひとりでも忍耐強《にんたいづよ》くつきあう。巧の独創的《どくそうてき》ともいえる実験の数々は、ソンジンの努力の成果でもあった。

園絵《そのえ》たちが菜の花畑をながめて気分よく帰宅《きたく》した日の翌日《よくじつ》、三月十五日の夕方、巧が長い出張を終えて帰ってきた。

夕食を整えた咲《さく》が、巧を気《き》づかう。

「顔色がすぐれませんが、お疲《つか》れですか？」

「いや。たいしたことはない。ちょっと風邪《かぜ》をこじらせてしまったようだが、すぐに治るだろう」

巧だけではなく、誰《だれ》だれもが巧の快復を信じて疑《うたが》わなかった。高熱を出しても、一晩ぐっすり眠《ねむ》れば翌朝には元気になっているのが、いつもの巧だった。

ところが今回はいつまでたっても咳《せき》がつづき、微熱《びねつ》もとれない。教会の大事な集会が十八日にあったが、巧は欠席した。

咲の不安がだんだん増していく。

仕事に出かけようとする巧に、咲が言う。

「休んでくださいませんか？　あなたには休養が必要だと思います」

「大げさだねえ。こじらせた風邪《かぜ》は、ゆっくりにしか治らないんだよ。心配ないよ」

同じ会話を何度も繰《く》り返すうちに、すっかり元気になった巧《たくみ》を見ることもあった。職場を休まないこと以外は、なんでも咲《さく》の言うことに従《したが》っておとなしくしている巧に、咲は静かに寄りそっていた。

二十六日には予定通り映写会《えいしゃかい》を行った。長期出張中に写した山林などの映像を示しながら、これから自分たちがやるべき事を話し合ったりした。

その翌日、巧はとうとう仕事を休んだ。映写会の準備や当日の忙《いそが》しさが影響《えいきょう》したのか、全身に広がった疲労感《ひろうかん》でからだが重くてしかたがなかった。さすがの巧でも、気力で乗り切るどころか、気力さえもなえかけている。

咲が医者を呼《よ》ぶと、すぐに急性肺炎《はいえん》と診断《しんだん》された。

二十九日になっても熱は下がらず、四十度近くもある。それでも、巧は病に身をゆだねて寝《ね》ているわけにはいかなかった。

先ごろ、柳宗悦《やなぎむねよし》は『工藝《こうげい》』という雑誌《ざっし》を発刊させたばかりで、五月号に巧の作品を掲載《けいさい》したいとたのまれていた。題は「朝鮮茶碗《ちょうせんぢゃわん》」と決めているが、冒頭《ぼうとう》が書いてあるだけだった。

この『工藝』は、一九三一年（昭和六年）から一九五一年（昭和二十六年）まで不定期に刊行され、その後雑誌《ざっし》『民藝《みんげい》』に引き継《つ》がれた。

巧《たくみ》は布団《ふとん》の中でうつぶせになると、

「咲《さく》、書き物の用意をたのむ」

と咲を呼《よ》び、原稿《げんこう》を書きはじめた。

約束事は決して破《やぶ》らない巧の性分《しょうぶん》をよく知っている咲は、はらはらしながら見守るよりなかった。

何度もからだを横にして休ませながら、巧の執筆《しっぴつ》はつづき、ようやく書き上げたあとは、水を口にするのもおっくうという有り様だった。

それでも、政歳《まさとし》にひさしく便りをしていないことを思い出し、ひと休みして気力が快復すると、床《とこ》の中で葉書《はがき》を一枚《まい》書き上げた。

巧の病状は、本人の予想に反して、よくなるどころか、日ごとに悪化していった。

伯教《のりたか》の家族が代わる代わる見舞《みま》いに訪《おとず》れ、ソンジンやヘジョも毎日顔を出しては「できることはないか」と、咲にたずねる。

咲にとっても、巧の病が長引いていることが納得《なっとく》いかなかった。少々熱があっても気力で乗り切るのが巧で、結婚《けっこん》してから一度も寝《ね》こむようなことはなかったのである。

咲の不安は日ごとに増していった。

三月も末になると、いつまでたっても出勤《しゅっきん》してこない巧《たくみ》を心配して、同僚《どうりょう》たちが見舞《みま》いにきだし、そのうちに、近所の物売りや子どもたちまで様子をうかがいにきたりする。彼《かれ》らは玄《げん》関先《かんさき》で、

「浅川《あさかわ》先生、早く元気になってください」

と、呼《よ》びかけた。

四月一日のことだった。

咲《さく》と園絵《そのえ》が巧の枕元《まくらもと》に座って、「なにかほしいものはありませんか?」と聞いた。

巧はかすかに首を振《ふ》ると、天井《てんじょう》を見つめて、小さな声でつぶやいた。

「どうして、こんなことに、なって、しまった、のかなぁ……」

本人にとっても、意外な成り行きで、わけがわからなかった。言いたいことも一息で言えず、何度も途中《とちゅう》で息継《いきつ》ぎをしなければならなかった。

咲は、すっかり病人の顔になってしまった巧に静かに微笑《ほほえ》んだ。

「休息が必要だったのですよ。ゆっくりなさったら、きっと元気になられますでしょう。ね、園ちゃん」

「そうよ。お父さんはじょうぶな人だもの」

巧はふたりの顔を代わる代わる見つめながら、ゆっくりとうなずいた。

「あのね、ふたりに、言っておきたい、ことがある」

咲《さく》も園絵《そのえ》も顔を引きつらせて、巧《たくみ》の次の言葉を待った。

「いつでも、会えるから。心配しないで。神さまが、ちゃんと、会わせて、くださる」

それだけいうと、巧はぐったりとして目を閉《と》じた。

咲は台所にいって流しの横に座《すわ》りこむと、両手で顔をおおって、泣いた。声を殺して、長い間肩《かた》をふるわせていたが、やがて、立ち上がると、ぴんと背筋《せすじ》を伸《の》ばし、そのまま郵便局へ行った。

内地の親戚《しんせき》や親しい友人の顔を思い出しながら、「タクミヤマヒオモシ」と、電報を打った。とつぜんの電報に、受け取った人々の衝撃《しょうげき》は大きかった。巧はいつも元気に仕事をしていると信じ切っていたのだから、なおさらである。

宗悦《むねよし》もおどろき、電報を握《にぎ》りしめたまま、しばらくの間ぼうぜんとしていた。

我《われ》に返った宗悦は、目の前の仕事を中断する手続きをとらなければならないと気づいた。執《しっ》筆《ぴつ》も講演も、今は民藝《みんげい》運動にまつわることがほとんどだった。

民藝運動の仲間に、巧が病に倒《たお》れて深刻《しんこく》な状況《じょうきょう》であるので急遽《きゅうきょ》渡朝《とちょう》すると手紙を書き、文末に「同君の為《ため》切に祈《いの》りを希《こいねが》ふ」と書きそえた。クリスチャンであろうとなかろうと、誰《だれ》でもが自分の信じる神に巧の快復を祈《いの》ってほしかった。

宗悦《むねよし》はどうしても巧《たくみ》に会いたかった。仕事で忙《いそが》しかったのと、いつでも会えるという気持ちが、朝鮮《ちょうせん》へ行くのを先延《の》ばしにしていた。思えば、欧州《おうしゅう》へ出かけるときに京城《けいじょう》で途中《とちゅう》下車して巧に会って以来、顔を合わせていない。手紙のやりとりがいかにひんぱんだったにせよ、直接巧に会うべきだったと、悔《く》やまれてならなかった。

一九三一年四月二日午後五時三十七分、家族が見守る中で、巧は永眠《えいみん》した。

床《とこ》に伏《ふ》したままの巧を取り囲んで、集まった人々が悲しみに暮《く》れていた。あるものははげしく泣き叫《さけ》び、あるものは肩《かた》を震《ふる》わせて涙《なみだ》をぬぐった。

宗悦は釜山《プサン》から京城に向かう汽車の中で「タクミシス」の電報を受け取った。

宗悦は眠《ねむ》れない夜を車中で過ごし、翌朝《よくあさ》京城から清涼里《チョンニャンニ》の巧の家に急いだ。

宗悦が巧の家の玄関《げんかん》についた時、伯教《のりたか》が転がるように部屋を出てくるなり、両手で宗悦の肩をつかんだ。足袋《たび》のまま土間に下りた伯教が、宗悦の肩をつかんで壁《かべ》に押《お》しつけ、からだを震わせた。

「ウ、ウウッ」

絞《しぼ》り出すようなうめき声を上げながら、伯教が泣いていた。

どんなときにも冷静で、家族でさえも彼《かれ》の涙など見たことがなかった。

宗悦もまた、伯教に肩をあずけたまま、大声をあげて泣き出した。いつも穏《おだ》やかな笑顔《えがお》を浮《う》かべていた宗悦《むねよし》が、まるで幼《おさな》い子どものようにはげしく泣きじゃくっている。ふたりにとって、巧《たくみ》の存在《そんざい》がどれほど大きく貴重《きちょう》なものだったかを、たがいに無言で訴《うった》えていた。

宗悦はのちに雑誌《ざっし》『工藝《こうげい》』（一九三四年四月号）に、「浅川《あさかわ》の死ほど私《わたくし》の心に堪《こた》えたものはなかった。彼《かれ》のことを想ふと今も胸《むね》が迫《せま》る。彼はかけがえのない人であった。……人間として彼はりっぱであったと思ふ」

と書いている。

巧の死が近くの村々にまで知れたとき、人々は群れをなして別れを告げに集まった。

巧の葬式《そうしき》は四月四日に林業試験場の正門前の広場で行われた。巧らしく、朝鮮服《ちょうせんふく》で棺《ひつぎ》に収まり、野辺の送りには、共同墓地まで棺を担《かつ》ぎたいと申し出る朝鮮人があとを絶たず、調整するのが大変なほどだった。

その年の九月、巧が心血を注いだ著書《ちょしょ》『朝鮮陶磁《とうじ》名考』が出版された。

巧の墓は、現在、忘憂里《マンウリ》（ソウル市内）にある。韓国《かんこく》国立山林科学院（元林業試験場）の韓国人後輩《こうはい》たちの手によって、碑文《ひぶん》は次のように刻まれている。

「韓国の山と民芸を愛し、韓国人の心の中に生きた日本人、ここに韓国の土となる」

咲《さく》と園絵《そのえ》は仲のよい母娘《おやこ》で、宗悦《むねよし》が建てた日本民藝館《みんげいかん》で長く働き、園絵は民藝の生き字引と言われるほど仕事に精通していた。

一九七六年十月十九日、咲は八十三歳《さい》で死去。同じ年の十一月十三日、園絵もあとを追うように五十九歳の生涯《しょうがい》を閉《と》じた。

浅《あさ》川《かわ》巧《たくみ》年《ねん》譜《ぷ》

西暦年	年号	満年齢	巧に関わる主な出来事と関連事項
一八九〇	明治二十三		父如作死去。
一八九一	二十四		一月十五日山梨県北巨摩郡甲村（今の北杜市）に生まれる。
一八九七	三十	七	村山西尋常小学校（今の高根西小学校）入学。
一九〇一	三十四	十	祖父小尾伝右衛門死去。
			村山西尋常小学校高等科へ進級。
一九〇七	四十	十六	山梨県農林学校（今の山梨県立農林高等学校）入学。
			甲府メソジスト教会で受洗。
一九一〇	四十三	十九	県立農林学校卒業。秋田県大館営林署に勤務。
			日本が韓国を併合する。
一九一四	大正三	二十三	大館営林署退職。朝鮮半島へ渡る。
			朝鮮総督府農商工務部山林課雇員として勤務。
			兄伯教、ロダンの彫刻を見るため柳宗悦を訪ねる。
一九一六	五	二十五	浅川みつえと結婚。朝鮮を訪れた柳宗悦、巧宅訪問。

一九一七	六	二十六	長女園絵生まれる。
一九一九	七	二十八	三・一独立運動はじまる。
一九二〇	九	二十九	兄伯教の彫刻『木履の人』帝国美術院展覧会に入選。
一九二一	十	三十	朝鮮民族美術館設立に向けて行動する。 妻みつえ死去。 京城で泰西絵画展覧会を開催（朝鮮民族美術館主催）。
一九二二	十一	三十一	日記を書きはじめる。清涼里の林業試験場に引っ越す。 富本憲吉、巧宅に宿泊。 京城で李朝陶磁器展覧会を開催（朝鮮民族美術館主催）。
一九二三	十二	三十二	関東大震災。日記で関東大震災時の朝鮮人を擁護。
一九二四	十三	三十三	露天埋蔵法の開発に成功。 朝鮮民族美術館を開館。
一九二五	十四	三十四	大北咲と再婚。翌年次女生まれるが死去。
一九二九	昭和四	三十八	京城で柳宗悦と最後の面会。『朝鮮の膳』刊行。
一九三一	六	四十	肺炎のため死去。『朝鮮陶磁名考』刊行。

あとがき

浅川巧《あさかわたくみ》を意識しはじめてから、長い年月がたちました。

彼《かれ》は同郷《どうきょう》でもあって、幼《おさな》い頃《ころ》から周辺の大人たちが話題にするのを聞いてもおりました。焼きものが大好きな大人になったわたしは、巧への関心を深めましたが、彼のなした仕事の大きさに圧倒《あっとう》されて、著述《ちょじゅつ》の対象にするなど不用意な接近はタブーと自戒《じかい》しておりました。

ところが、巧について書かれたものを読み進むうちに、自身の思い描《えが》く浅川巧を表現してみたくなりました。手に余るはずと躊躇《ちゅうちょ》しましたが、願望は増す一方です。気付けば資料に当たる日常を送っていました。それでもまだ原稿《げんこう》に着手する勇気のないわたしに、編集者《へんしゅうしゃ》の長谷《はせ》総明《そうめい》さんが「中川さんが書いた浅川巧を読んでみたい」といってくださいました。ついと背中《せなか》を押《お》されて、やっと前を向くことができました。

覚悟《かくご》を決めて、調査の範囲《はんい》を広げつつ新しい情報も求めながら、多方面にわたる巧の実像に迫《せま》りたいと考えるようになりました。林業に携《たずさ》わる巧、朝鮮《ちょうせん》の焼きものや工芸品に魅了《みりょう》される巧、クリスチャンとしての巧、また、柳宗悦《やなぎむねよし》など友人との交流における巧など人間味豊《ゆた》かな姿《すがた》をくっきりと描写《びょうしゃ》したいとも思いました。表現の方法は迷いましたが、物語仕立てを選び、想像上の人物はソンジンとヘジョだけにして、他は実在した人々の事実を繋《つな》げながら物語を紡《つむ》いでいきました。

執筆《しっぴつ》は行きつもどりつの繰《く》り返しでなかなか思うように進みませんでしたが、事実を確認《かくにん》したいときなどは北杜市《ほくとし》にある浅川伯教《あさかわのりたか》・巧《たくみ》兄弟資料館の前館長、澤谷滋子《さわやしげこ》さんを頼《たよ》らせていただきました。澤谷さんもまた、新しい情報を元にした巧像が生まれることを期待してくださっているとと知り、どんなに励《はげ》まされたかわかりません。

書き終えた今、大きな安堵感《あんどかん》とともに、お世話になった人々への感謝の思いでいっぱいです。願わくは、偉大《いだい》な巧を、筆者の貧しい器ゆえに矮小化《わいしょうか》されていませんように。そしてこの作品が、浅川兄弟が生まれて育った山梨《やまなし》の地で、多くの人に迎《むか》えられることを願ってやみません。

二〇二〇年七月　深まる緑の中で

中川なをみ

主な参考資料

『朝鮮の土となった日本人』　高崎宗司　草風館
『朝鮮民芸論集』　浅川巧　高崎宗司 編　岩波書店
『回想の浅川兄弟』　高崎宗司・李尚珍・深沢美恵子 編　草風館
『浅川巧　日記と書簡』　高崎宗司 編　草風館
『浅川伯教の眼　浅川巧の心』　伊藤郁太郎 監修　里文出版
『白磁の人』　江宮隆之　河出書房新社
『「写真絵はがき」の中の朝鮮民俗』　高麗美術館
『朝鮮陶磁名考』　浅川巧　草風館
『浅川伯教を読む』　浅川伯教・巧兄弟資料館

解説

澤谷滋子（北杜市浅川伯教・巧兄弟資料館 前館長）

この物語は、五歳《さい》の巧《たくみ》が祖父伝右衛門《でんえもん》に連れられ、「西山の朝を眺《なが》める」描写《びょうしゃ》から始まる。西山の連なり（南アルプスの山々）は目が覚めるように青く、朝日に照らし出された山すそは、ミドリに輝《かがや》いて拡がっていく。

輝くミドリは、やがて林業技術者（育苗《いくびょう》や造林を行う仕事）となる巧の未来を、西山の連なりは、その向こうにある「未だ見ぬ世界」を暗示させる。未だ見ぬ世界とは、二十三歳の巧が訪《おとず》れ、彼《か》の地の自然・文化・人と出逢《であ》い、四十歳で彼の地の土となった、日本の植民地「朝鮮《ちょうせん》」である。

浅川《あさかわ》巧は、実在の人物である。本書に登場する柳宗悦《やなぎむねよし》（一八八九〜一九六一。美学者。民《みん》藝《げい》運動を提唱）が生涯《しょうがい》の友と呼《よ》ぶ浅川巧は、一九七九年、高崎宗司《たかさきそうじ》氏の学術的調査により人々の知るところとなった。日本が朝鮮を差別・支配した時代に、このような生き方をした人が「そこにはいたのか」と人々は驚嘆《きょうたん》した。

このたび、中川なをみ氏によって、資料の丹念《たんねん》な読み込《こ》みと最近発掘《はっくつ》の新事実をもとに、巧《たくみ》という人間とその時代が、正しく、温かく、本書に再現され、時代の砂《すな》の一粒《ひとつぶ》として生きた巧を未来につなぐことができることを大変うれしく思う。

浅川《あさかわ》巧は、一八九一年、山梨《やまなし》県北巨摩《きたこま》郡甲《かぶと》村（今の北杜《ほくと》市高根《たかね》町）の農家兼紺屋《けんこうや》の家に生まれた。誕生少し前に父を亡くしたため、祖父伝右衛門が母と共に、兄・姉・巧を育てた。七歳の時、巧は八ヶ岳《やつがたけ》の土石流を経験する。この災害は、山梨県が植林に力を入れる発端《ほったん》となったもので、巧はこの経験を背景《はいけい》に農林学校に進み、営林署に就職《しゅうしょく》し、林業技術者としての道を歩み始める。

七歳上の兄の名は、伯教《のりたか》という。芸術家肌《はだ》の伯教は、日本が朝鮮《ちょうせん》を植民地にした「日韓併合《にっかんへいごう》」をきっかけに朝鮮の文化を知り、憧憬《しょうけい》し、小学校教諭の職を得て朝鮮半島に渡《わた》った。渡ってすぐ、日本人の朝鮮に対する横暴さ・奢《おご》りに落胆《らくたん》し、「朝鮮人は地に足がついているが、日本人は空間を歩いているようだ」と心を痛《いた》める。が、やがて朝鮮の人々が日常に使う白磁《はくじ》の大壺《おおつぼ》を古道具屋で偶然《ぐうぜん》見かけ、色・形の温かさ・おおらかさに朝鮮民族の人間性を見出し、魅《み》せられ、朝鮮の地に生きる決心をする。そして、「西山の向こう側」の朝鮮半島に巧を呼《よ》ぶのである。

「朝鮮《ちょうせん》に来たことが、いつか何かの役に立つように」と願う巧《たくみ》が目にしたのは、どこまでも続く禿山《はげやま》の光景。荒廃《こうはい》した山々をミドリにしたい巧《たくみ》は、朝鮮総督府《そうとくふ》の林業試験所に職を得て植林のための苗《なえ》を育てる実験に取り組み、朝鮮在来の樹種《じゅしゅ》（チョウセンカラマツ）の発芽に成功する。この発芽法は、朝鮮人と分け隔《へだ》てなく交流する巧が、朝鮮の同僚《どうりょう》に学び、朝鮮の自然に学ぶことで開発した方法である。日本人嫌《ぎら》いの代表格のように本書に登場するソンジンとの付き合い方は、巧の実際の交流のようすを想像させる。

　朝鮮半島の緑化に努めるいっぽう、兄の影響《えいきょう》で朝鮮白磁《はくじ》に惹《ひ》かれ、やがて、朝鮮の木製工芸品に惹かれていく。朝鮮の日用品を使うことは、当時の日本人には考えられないことだったが、巧は何の気負いもなく、茶碗《ちゃわん》・膳《ぜん》・卓《たく》などを日常に使い始めている（後年、柳宗悦《やなぎむねよし》は「民藝《みんげい》運動」を興《おこ》すが、日常雑器に真の美を見出す「民藝」の考え方は、巧に影響《えいきょう》されたものである）。巧は工芸品を調査し論考《ろんこう》にまとめるなど、朝鮮工芸にのめりこんでいった。著書『朝鮮の膳』（一九三〇年刊）は、日韓《にっかん》両国で現在も名著とされている。

　一九一九年、日本からの独立を願う「三・一運動」が起きる。巧と同様に朝鮮の人々に心を寄せる柳宗悦は、自分に出来ることを模索《もさく》。その一つが、日本の朝鮮進出で消されていく朝鮮工芸を残すための「朝鮮民族美術館」を設立すること。異論《いろん》なく賛同する巧は、兄伯教《のりたか》と多くの時間と資金を費やし、精力的に工芸品を集め、一九二四年、開館に漕《こ》ぎつけるのである。

この七年後の一九三一年、朝鮮《ちょうせん》の緑化と文化の保護に日々を送る巧《たくみ》は、風邪《かぜ》をこじらせ、四十歳《さい》でこの世を去った。急性肺炎《はいえん》だった。

ところで、巧の「日記」が残されている。これは、敗戦により日本へ帰る兄伯教《のりたか》が朝鮮《ちょうせん》の青年に託《たく》したもので、青年（金成鎮《キムソンジン》氏）は、朝鮮戦争の時も、自分の家財道具は持たずとも日記十四冊を背負《せお》って戦火から守り、五十年の間、保管し続けた。八十歳となった金氏は、日記を故郷《こきょう》に帰してあげたいと山梨県《やまなし》高根町《たかね》（現北杜市《ほくと》）に寄贈《きぞう》した（日記は、『浅川《あさかわ》巧　日記と書簡《しょかん》』として二〇〇三年に刊行された。編者／高崎宗司）。日記には、柳宗悦《やなぎむねよし》や朝鮮の人々との交流、朝鮮民族美術館設立までの経過、朝鮮の自然や文化に対する思いや日々の苦悩《くのう》が、克《こく》明《めい》に綴《つづ》られており、本書『かけはし――慈しみの人・浅川巧』にはそれらが反映《はんえい》されている。

浅川巧は、日韓両国の不幸な時代に、山を緑にしたいと願い、朝鮮の文化を残したいと願った。そして、自然に対する人間の奢《おご》り、異《こと》なる文化・民族を侮蔑《ぶべつ》する日本人の奢りを恥《は》じた。臨終《りんじゅう》の床で「責任がある、私《わたし》には責任が」と、うわ言を繰《く》り返したという。制約された時代のなかで自分にできることは何かと、愚直《ぐちょく》なまで模索《もさく》し続けたのが、巧の日々だったのかもしれない。その生き方に、韓国の人々は、日記を守ること、ソウルに眠《ねむ》る巧の墓地を守ることで、今も応えてくださっている。

著者

中川なをみ

山梨県生まれ。『水底の棺』（くもん出版）で日本児童文学者協会賞受賞。作品に『有松の庄九郎』『ユキとヨンホ――白磁に魅せられて』（以上新日本出版社）、『天游―蘭学の架け橋となった男』『龍の腹』『砂漠の国からフォフォー』（以上くもん出版）、『ひかり舞う』（ポプラ社）、『茶畑のジャヤ』（鈴木出版）、『よみがえった奇跡の紅型』（あすなろ書房）等がある。日本児童文学者協会会員。

挿画について

・本書の表紙、扉、目次、本文中に掲載した挿画は、次に作品名とページを記した浅川伯教の絵画以外、すべて浅川巧の自筆のスケッチです。
・浅川伯教の絵画（写真提供／浅川伯教・巧兄弟資料館）：「壺中春」（1章7ページ）、「壺中蜻蛉」（3章31ページ）、「壺中水禽」（5章66ページ）、「壺中有天地」（9章133ページ）、「壺中小舟」（11章167ページ）、「焼土造壁」（15章223ページ）

装幀

中島かほる

編集協力

Somei Editorial Studio

かけはし――慈《いつく》しみの人《ひと》・浅川巧《あさかわたくみ》

2020年９月20日　初　版　　NDC913 254P 20cm

作　者　中川なをみ
発行者　田所　稔
発行所　株式会社新日本出版社
〒151-0051　東京都渋谷区千駄ヶ谷4-25-6
営業03(3423)8402
編集03(3423)9323
info@shinnihon-net.co.jp
www.shinnihon-net.co.jp
振替　00130-0-13681
印　刷　光陽メディア　　製　本　小泉製本

落丁・乱丁がありましたらおとりかえいたします。

ISBN978-4-406-06504-7　C8093　Printed in Japan

ユキとヨンホ

白磁にみせられて

中川なをみ 作
舟橋全二 絵

美しいものに
心ひかれるユキと
朝鮮からやってきた
ヨンホの物語

定価：本体1500円＋税